PROMETEU AGRILHOADO

Tradução, introdução e notas:
Ana Paula Quintela Sottomayor

Revisão:
Joana Camões Pereira

Capa:
Joana Carvalho

ISBN 978-972-44-2741-6
ISBN da 2.ª edição: 978-972-44-1421-8
ISBN da 1ª edição: 972-44-0751-9

Depósito Legal n.º

Paginação:
MJA

Impressão e acabamento:

para
EDIÇÕES 70
Julho 2023
(1992)

EDIÇÕES 70, uma chancela de Edições Almedina, S.A.
Avenida Emídio Navarro, 81, 3D
3000-151 Coimbra
e-mail: editoras@grupoalmedina.net

PROMETEU AGRILHOADO

Ésquilo

TRADUÇÃO DE
ANA PAULA
QUINTELA SOTTOMAYOR

70

Índice

Não trocaria a minha desgraça pela tua servidão
(Prometeu ao submisso Hermes)

À memória de meu tio
PAULO QUINTELA

Nota prévia

A soberba rebeldia do Titã, castigado com prepotente severidade por muito ter amado os homens, e a sua intrépida resistência e inabalável recusa em dobrar a cerviz ao jugo da tirania fizeram de Prometeu um símbolo de tudo quanto implique luta por um ideal e nobreza de alma.

Por isso, exerceu esta tragédia grega sobre mim tal fascínio que, em tempos de estudante ainda, me abalancei a elaborar a sua tradução, que veio a ser revista para a cena pelo Professor Doutor Paulo Quintela, estreada, sob sua direcção artística, pelo Teatro dos Estudantes da Universidade de Coimbra, em 2 de Maio de 1967, e publicada, pela primeira vez, na colecção «O Grande Teatro do Mundo» (Coimbra, 1967).

Na presente edição, aparece essa versão remodelada, em alguns passos, e a introdução actualizada, como o decurso dos anos necessariamente impunha.

Para a elaboração deste trabalho, foi preciosa também a incansável ajuda da Professora Doutora Maria Helena da Rocha Pereira, a cujo vasto saber e generosa solicitude muito devo.

*

Serviu de base à presente tradução o texto grego estabelecido por Wilamowitz-Moellendorff (*Aeschyli Tragoediae*).

Com o objectivo de distinguir as partes líricas das não-líricas do original grego, optei por verter as primeiras em verso solto e as segundas em prosa.

Por me parecer de maior interesse para o público, escolhi o mais recente dos dois Argumentos antigos que possuímos e verti-o para português, com base na lição de Dindorf (*Aeschyli Tragoediae Superstites et Deperditarum Fragmenta*, vol. III).

Introdução

O AUTOR

Ésquilo, filho de Eufórion, nasceu em Elêusis, provavelmente em 525 a. C. Informa a *Suda*, léxico do século X, que ele apresentou a sua primeira peça em 500 a. C., com a idade de vinte e cinco anos. Segundo o *Marmor Parium*, crónica lapidar grega, morreu em Gela, na Sicília, em 456/455, com sessenta e nove anos.

Obteve em vida treze vitórias em concursos dramáticos e várias depois da morte, pois foi o único tragediógrafo a quem um decreto ateniense concedeu o privilégio de as suas peças serem apresentadas quando ele já não vivia.

Da sua vida, pouco se sabe.

Há quem admita que foi um dos «iniciados» dos mistérios de Elêusis, visto que Aristófanes, n'*As Rãs*, põe na sua boca estas palavras: «Deméter, que alimentaste a minha alma, faz com que eu seja digno dos teus mistérios.»

Combateu em Maratona, e este é o único facto a que se refere o seu epitáfio, que, segundo se julga, será da autoria do próprio Ésquilo e no qual, curiosamente, é omitida a qualidade de tragediógrafo:

> Este túmulo da frumentosa Gela encerra o extinto ateniense Ésquilo, filho de Eufórion. A sua famosa coragem, poderiam

> contá-la o bosque de Maratona e o Medo de longa cabeleira, que bem a experimentou.

Um catálogo antigo transmite-nos o título de setenta e três das suas obras, enquanto a *Suda* considera que escreveu noventa. Desta vasta produção, só chegaram até nós sete: *Persas*, *Os Sete contra Tebas*, *As Suplicantes*, *Prometeu Agrilhoado* e a trilogia *Oresteia* (*Agamémnon*, *As Coéforas* e *As Euménides*).

A peça

A DATA

Desconhece-se a data de representação do *Prometeu Agrilhoado*. É certo que temos notícia de um *Prometeu* levado à cena no ano de 472 a. C. — *Prometheus Pyrkaeus* (*Prometeu Que Queima com o Fogo*) —, mas esse era o drama satírico da tetralogia a que pertence a tragédia *Persas*. De seguro, só sabemos que o *Prometeu Agrilhoado* foi apresentado depois de 479/8 a. C., pois os vv. 367–369 permitem fixar esse *terminus post quem*, visto que a erupção do Etna a que aludem ocorreu nessa data. Há quem pense que, pelo provável emprego do terceiro actor no Prólogo — inovação introduzida por Sófocles, cuja primeira peça foi representada em 468 a. C. — e pela semelhança de estilo com a *Oresteia*, o *Prometeu* deve ter sido composto em data tardia. Mette[1] situa mesmo a representação da trilogia dos *Prometeus* em Março de 469 a. C., baseado em o *Triptólemo* de Sófocles (de 468 a. C.) conter um verso que parece imitar um outro do *Prometeu Agrilhoado* e ainda em, no ano de 467 a. C., já o *Prometeu* ter sido composto, dado que o drama satírico d'*Os Sete contra Tebas*, *A Esfinge*, representado nessa altura, alude a um passo do *Prometeu Libertado*[2].

---

[1] *Die Fragmente der Tragödien des Aischylos*, pp. 256–257.

[2] Herington, *The Author of the «Prometheus Bound»*, p. 128, não aceita o entendimento dado por Mette ao ambíguo passo de Ateneio que nos transmite

A TRILOGIA

A peça fazia parte da trilogia dos *Prometeus*. Um catálogo antigo das obras de Ésquilo menciona, além do *Prometeu Agrilhoado*, o *Prometeu Libertado* e o *Prometeu Portador do Fogo*.

Destas últimas peças, restam-nos, infelizmente, escassos fragmentos e não podemos, por isso, estar certos quanto ao seu conteúdo. Nem sequer se conhece, com segurança, a ordem por que foram apresentadas. O senso comum levar-nos-ia a pensar que ao crime de Prometeu se seguiria o castigo e a este, a libertação. Teríamos, portanto, em primeiro lugar, o *Prometheus Pyrphoros* (*Prometeu Portador do Fogo*) — que contaria a dádiva do fogo aos homens —, em seguida o *Prometeu Agrilhoado* e, por fim, o *Prometeu Libertado* — que marcaria o termo das penas do Titã.

Deve ter-se em conta, porém, a opinião dos comentadores antigos, que é tanto mais de considerar quanto é certo que eles viveram numa época bastante próxima da do poeta. Ora, o escólio ao v. 94 do *Prometeu Agrilhoado* («suportarei a grande idade do tempo») afirma que o poeta no *Prometeu Portador do Fogo* conta que o Titã *esteve* agrilhoado durante trinta milénios, o que nos faz pensar que o *Prometeu Agrilhoado* deveria preceder o *Prometeu Portador do Fogo*. Além disso, o escólio ao v. 511 («O destino, que tudo acaba, ainda não determinou pôr termo a isto») declara que o Filantropo seria libertado na peça subsequente. Sendo assim, a ordem das três peças seria a seguinte: *Prometeu Agrilhoado*, *Prometeu Libertado* e *Prometeu Portador do Fogo*.

Dois argumentos têm sido ainda aduzidos em favor desta hipótese:

— por um lado, no *Prometeu Agrilhoado*, os acontecimentos anteriores são relatados com tal pormenor que somos levados a pensar que esta é a primeira peça da trilogia;

---

o referido fragmento d'*A Esfinge*, pensando, pelo contrário, que dele se poderá inferir que o *Prometeu Libertado* é posterior àquele drama satírico.

— por outro lado, sabemos que os *aitia* (que estabeleciam a relação entre a história narrada e um culto) eram do agrado de Ésquilo, como pode ver-se na *Oresteia*. É lícito, por isso, pensar que o *Prometeu Portador do Fogo* constituiria a última parte da trilogia, cujo tema seria o da instituição do culto de Prometeu, em Atenas, terminando a peça, provavelmente, com um cortejo de archotes.

Teríamos, assim, primeiro, a punição do Titã; em seguida, o abrandamento da ira de Zeus com a consequente libertação do Filantropo; por fim, a reconciliação perfeita entre a divindade nova — Zeus — e a antiga — Prometeu — pela concessão do direito ao culto, algo de semelhante ao que acontece na terceira peça da *Oresteia*, no momento em que as terríficas Erínias são transformadas nas propícias Euménides.

Não podemos, no entanto, pôr de parte a opinião de Dodds[3], que considera que Ésquilo não escreveu uma trilogia, mas uma dilogia (constituída pelo *Prometeu Agrilhoado* e *Prometeu Libertado*), identificando assim o referido especialista o *Prometeu Portador do Fogo* com o drama satírico *Prometeu Que Queima com o Fogo*. E, de facto, é curioso notar que o catálogo já referido não fala do *Pyrkaeus*, talvez porque também o assimila ao *Pyrphoros*.

A AUTENTICIDADE

Em estreita conexão com os dois problemas acima enunciados — datação da peça e seu lugar no conjunto a que pertencia — está

---

[3] Esta opinião foi expressa em aulas, na Universidade de Oxford, *apud* M. H. da Rocha Pereira, *Estudos de História da Cultura Clássica*, Lisboa[6], 1987, p. 385, n. 21.

Focke («Aischylos Prometheus», *Hermes*, 65, 1930, pp. 259–304) admite a hipótese de ter sido composta uma dilogia expressamente para o público siciliano.

o da autenticidade, que, em 1977, se reacendeu[4] com a obra de Max Griffith *The Authenticity of Prometheus Bound.*

Com base em critérios objectivos de análise interna da peça, que o autor escalpeliza até ínfimos pormenores, e por meio do confronto com as restantes tragédias supérstites de Ésquilo, por um lado, e com as obras dos outros dois tragediógrafos que lograram chegar até nós, por outro, Griffith conclui que o *Prometeu Agrilhoado* não é atribuível a Ésquilo, devido às suas características métricas, estilísticas, sintácticas, lexicais e estruturais.

É certo que todas estas singularidades já tinham sido notadas por outros estudiosos, entre os quais Herington, que as explica, tal como Körte e Focke, através de influências sicilianas recebidas pelo poeta, o que, na sua opinião, justificaria uma mudança abrupta e radical no pensamento e no estilo de Ésquilo. É, assim, indiscutível para Herington que a trilogia dos *Prometeus* foi composta na fase final da vida do tragediógrafo, quando este se encontrava na Sicília[5].

---

[4] R. Westphal (*Prolegomena zu Aeschylus Tragödien*, Leipzig, 1869) apontou, pela primeira vez, a existência, na peça, de determinadas particularidades métricas que o levaram a admitir a hipótese de a obra ter sido revista por um escritor tardio. Já no começo deste século, a autoria esquiliana foi totalmente negada por Gercke (*Zeitschrift für das Gymnasialwesen*, 65, 1911, pp. 164–174), que, no entanto, atribuía o *Prometeu Libertado* a Ésquilo e que identificava o *Prometeu Portador de Fogo* com o *Prometeu Que Queima com o Fogo*. Na mesma linha, Schmid (*Untersuchungen zum Gefesselten Prometheus*, Estugarda, 1929) pôs também em causa a autenticidade da obra, baseando-se para tanto em certos aspectos linguísticos e estilísticos, no tratamento do mito, na ideologia sofista que enforma a peça, bem como em determinados pontos de vista religiosos que considera contrários ao pensamento de Ésquilo. Posteriormente aos dois helenistas referidos no texto, Maria Pia Pattoni (*L'Autenticità del «Prometeo Incatenato» di Eschilo*, Pisa, 1987) retoma esta questão da autenticidade, deixando-a, contudo, em aberto.

[5] Assinale-se, no entanto, uma diferença importante quanto à datação: Körte («Das Prometheus Problem», *Neue Jahrbücher für das klassische Altertum*, 45–46, 1920, pp. 201–213), bem como Focke («Aeschylos' Prometheus», *Verhandlungen*

A composição tardia desta trilogia torna explicáveis, por outro lado, os traços sofoclianos que nela se podem notar.

Na sua exaustiva análise, Max Griffith vai mais longe, assinalando no *Prometeu Agrilhoado* semelhanças não só com a obra de Sófocles, mas ainda com a de Eurípides e até com a de Píndaro[6], pelo que chega a admitir que a peça possa ter sido composta mesmo depois da morte de Ésquilo. Segundo ele, esta tragédia teria sido escrita entre 479 a. C. e 424 a. C., ou até mesmo 414 a. C.[7] O seu autor terá sido, ainda segundo Griffith, um de cinco tragediógrafos menos conhecidos, entre os quais menciona Fílocles, sobrinho de Ésquilo, e até Eufórion, o próprio filho do grande dramaturgo, tendo provavelmente o parentesco sido responsável pela confusão sobre a autoria. Como alternativa a esta hipótese, sugere ainda este autor que a peça poderia ter sido começada por Ésquilo, que, ao ser surpreendido pela morte, a teria deixado inacabada, vindo a ser terminada mais tarde por um dos seus parentes tragediógrafos já referidos.

No entanto, depois de apresentar estas hipóteses, Griffith conclui cautelosamente que ao certo não se sabe quem escreveu o *Prometeu*

der Versammlung Deutscher Philologen, 1929, p. 48) optam por uma data mais recuada do que a proposta por Herington (*op. cit.*, pp. 113–114), situando a apresentação da peça por volta de 470 a. C., por ocasião da visita de Ésquilo à Sicília, a convite do tirano Hierão.

[6] Max Griffith (*op. cit.*, pp. 9–10) frisa a semelhança entre *Prom.* 361 *sqq.* e *Pítica* I. 15–28 (descrição da erupção do Etna); entende ainda que não pode ser vista como mera coincidência a presença do raro vocábulo *ἰπούμενος* em *Prom.* 365 e *ἰπος* em *Olímpicas* IV. 8, na alusão ao soterramento de Tifão sob o monte Etna.

[7] Como já ficou dito, o *terminus post quem* que foi estabelecido a partir da data da erupção do Etna. A data de 424 a. C., para *terminus ante quem* baseia-se na paródia — que Griffith, no entanto, se mostra céptico em aceitar — apresentada por Aristófanes n'*Os Cavaleiros* (o v. 758 parece ecoar *Prom.* 59, e o v. 836, *Prom.* 613), e o ano de 414 a. C. é a data da comédia *As Aves*, cujos vv. 685 *sqq.* e 1547 evocam, respectivamente, *Prom.* 547 *sqq.* e 975.

Agrilhoado[8]. De resto, logo no prefácio deste seu estudo sobre a autenticidade da peça, declara que, embora esteja convicto de que a referida tragédia não é esquiliana, não se surpreenderá também se, um dia, surgir um papiro que venha a provar que afinal o seu autor é Ésquilo.

É que, apesar de todas as estranhezas formais ou de conteúdo que a peça possa apresentar, dois factos há que ninguém pode esquecer:

— por um lado, apenas temos à disposição cerca de um décimo da produção de Ésquilo, não sendo, por isso, possível um cabal cotejo entre os processos métricos, estilísticos, sintácticos ou estruturais utilizados nesta obra e em cada uma das tragédias conservadas do referido dramaturgo, cotejo esse que talvez trouxesse novidades surpreendentes[9];

— por outro lado, nunca em catálogo ou escólio algum é posta em causa a autenticidade da peça.

Estes dois factos parecem-nos suficientemente fortes para preferirmos a tese proposta por Herington, segundo a qual as discrepâncias formais ou ideológicas que se podem notar na presente tragédia se devem ao facto de a peça ter sido composta no fim da vida do poeta, reflectindo, por isso, a influência do jovem Sófocles e dos sicilianos Epicarmo e Empédocles, bem como de Córax, de Tísias e até de Górgias.

Não vemos razão para pôr de parte a hipótese de que Ésquilo, no fim da vida, tivesse evoluído formal e ideologicamente, podendo

---

[8] Mais recentemente, ao publicar uma edição do *Prometeu Agrilhoado*, continua a manter esta incerteza.

[9] Podemos referir, a título de exemplo, o que sucedeu com o aparecimento de novos fragmentos da *Níobe*, que formalmente apresentam traços estilísticos divergentes da maioria das obras conservadas de Ésquilo, mas que, como notou Max Pohlenz (*Die griechische Tragödie*, p. 84), se aproximam dos do *Prometeu Agrilhoado*.

explicar-se assim o facto de virmos a encontrar, após a sua morte, produções teatrais com determinados traços que ele poderia ter deixado em embrião. Em boa verdade, o que nos autoriza a afirmar que certos aspectos formais específicos da tragédia *Prometeu Agrilhoado* são mais consentâneos com a obra de Sófocles ou com a de Eurípides, como faz Griffith, e não exactamente o contrário, isto é, que Sófocles e Eurípides vieram a desenvolver alguns processos métricos e estilísticos iniciados por Ésquilo na fase final da sua produção?

É certo que determinados pontos continuam obscuros, como é o caso da grande ocorrência de hiatos interlineares, que Herington explica através da influência de Epicarmo e que Griffith considera como um retrocesso na técnica poética, pensando que uma tal pecha não poderia ser assacada a Ésquilo.

Mas, mesmo que não queiramos relevar comodamente esta falta formal ao poeta com um horaciano «quandoque bonus dormitat Homerus», podemos sempre pensar que a trilogia dos *Prometeus* foi a última composta por Ésquilo, não tendo talvez chegado a ser representada, pois não possuímos nenhuma informação didascálica sobre ela[10], e enfermando de determinados «vícios» formais que o seu autor não teria tido tempo de corrigir.

Cremos que, no estado actual dos conhecimentos, não há razão para se duvidar da autoria que a tradição nos transmitiu desde a Antiguidade, não obstante todos os problemas que esta obra tem suscitado. E isto porque pensamos que a todos eles sobreleva o teor da mensagem contida na presente tragédia. E consabido que Ésquilo fez da *hybris* o tema central das suas peças. A insolência, o ultrapassar

---

[10] Continuamos a aguardar um «milagre» arqueológico, como aquele que sucedeu, em 1952, com o aparecimento do Papiro de Oxirrinco 2256, 3, através do qual foi possível provar que a tragédia *As Suplicantes* não é a mais antiga das conservadas, ao invés do que até então, com segurança, se afirmava, com base nas suas características formais. Isto serve para nos advertir dos perigos de uma análise estritamente formal e que pressuponha para os escritores um percurso necessariamente linear, sem sobressaltos nem retrocessos.

dos limites da justa medida, custava muito caro tanto aos homens quanto aos deuses. Se é certo que Prometeu tinha incorrido nesse pecado, ao pretender salvar a humanidade contra a vontade de Zeus, a quem roubou o fogo e a esperança para os dar aos mortais, também o Pai dos Deuses se excedeu, ao castigar com demasiada severidade o Filantropo. Difícil será negar, portanto, que a trilogia dos *Prometeus* com o desenvolvimento do tema da *hybris* possui a marca indelével de Ésquilo, como um autêntico selo de autoria.

O MITO E AS INOVAÇÕES DE ÉSQUILO

O mito de Prometeu aparece, pela primeira vez, em Hesíodo, tanto na *Teogonia* como nos *Trabalhos e Dias*. Conta ele que Prometeu, filho de Jápeto e de Clímene, um dia ludibriou Zeus, ao pretender destinar-lhe, num sacrifício, um montão de ossos cobertos de gordura, reservando, por outro lado, para os mortais a melhor parte da vítima. Como castigo deste dolo, Zeus privou os homens do fogo, que, mais tarde, Prometeu conseguiu roubar, servindo-se de novo ardil. Então, Zeus, irritado, agrilhoou o Titã, condenando-o, além disso, a suportar o flagelo de uma águia que lhe devorava o fígado continuamente renovado, consentindo, mais tarde, que seu filho Hércules a abatesse. Aos mortais, deu como castigo a primeira mulher — Pandora.

Ésquilo, aproveitando este mito, introduziu, no entanto, certas inovações:

- — não apresenta o Titã como filho de Clímene, mas sim de Gaia, que ousadamente identifica com Témis, omitindo o nome do progenitor;
- — enquanto Hesíodo conta que os mortais foram privados do fogo, em virtude do ludíbrio feito a Zeus na distribuição dos lotes do sacrifício, Ésquilo não menciona esta parte da lenda, apresentando Prometeu como aquele que, pela primeira vez, deu o fogo aos homens;

— no *Prometeu Agrilhoado*, o Titã presenteia também os homens com a esperança, o que constitui outra inovação;
— a libertação de Prometeu deve-se não só a Hércules, mas também ao centauro Quíron (cf. n. 109).

Ésquilo, ao servir-se do mito de Prometeu, quis, uma vez mais, mostrar que até os deuses devem ser moderados, sem nunca ultrapassarem as limitações do seu poder. Prometeu, ao dar o fogo aos homens, foi além daquilo que era justo, pois roubou um privilégio que, na repartição das honras dos deuses, fora atribuído a Hefesto. O Titã, após declarar que errou por querer, diz no v. 268: «É certo que eu não pensava que, consumido por tais sofrimentos e agrilhoado a estes altos rochedos, me caberia em sorte este pico ermo e solitário.» Isto prova que, apesar de reconhecer que o castigo era merecido, o considera, contudo, severo demais. Não estaria também Zeus a exceder-se, ao ordenar uma punição tão dura, tanto mais que devia à ajuda do Titã o facto de agora ser o Senhor dos Deuses e dos Homens?

Vemos, portanto, de um lado, um rebelde obstinado, que, a todo o momento, injuria Zeus; do outro, um tirano inflexível, ingrato e injusto. Para que estas duas forças em tensão se reconciliem, é necessário que ambas entrem na ordem cósmica que perturbaram. Sem dúvida que, nas restantes peças da trilogia, Prometeu abrandaria a sua cólera e Zeus aprenderia a perdoar. Ambos tenderiam, assim, para a moderação.

Vemos quão diferente é este Zeus daquele que na *Oresteia* e n'*As Suplicantes* é identificado com a própria Justiça. Como conciliar a figura de Zeus do *Prometeu Agrilhoado* com o pensamento religioso de Ésquilo[11]?

Quanto a esta dificuldade, devemos, em primeiro lugar, fazer notar que estamos a julgar uma trilogia apenas por uma das suas

---

[11] Já vimos (*supra*, n. 4) que esta é uma das objecções levantadas por Schmid contra a autenticidade do *Prometeu Agrilhoado*.

peças. Reparemos, depois, que, de todas as tragédias de Ésquilo que chegaram até nós, o *Prometeu Agrilhoado* é a de assunto mais antigo, pois narra os sucessos imediatos à vitória de Zeus sobre os Titãs. Situando-se, pois, a lenda quase no dealbar da história do mundo, sendo Zeus, como se diz na peça, ainda um soberano novo, é de crer numa evolução do próprio carácter deste deus. Os Gregos, primitivamente, não tinham a noção de eternidade e de permanência da divindade: os deuses tinham um nascimento e, ao longo da vida, podiam aprender e tornar-se mais perfeitos. Por esta evolução se explica que o Zeus dos primeiros tempos seja tão diferente daquele que vamos encontrar na *Oresteia* e n'*As Suplicantes*. Prometeu é o último rebelde, ensinará a Zeus que a paz só se alcança através da justiça e da persuasão. Só quando Zeus modera a sua ira e perdoa ao Titã, a quem injustamente tinha infligido um castigo tão severo, é que se estabelece sobre deuses e homens um governo pacífico.

O poeta denegriu, de forma deliberada, Zeus por todos os meios ao seu alcance. Assim, ao introduzir o convulsivo episódio de Io numa tragédia estática como esta, pretendeu, sem dúvida — além de fazer a sacerdotisa de Hera dialogar com aquele que o seu descendente Hércules viria a libertar —, mostrar Zeus a uma luz mais desfavorável ainda. Mesmo que possamos admitir que Prometeu fora castigado por ter ultrapassado a justa medida, Io, contudo, é incontestavelmente uma vítima inocente. Mas, nesta mesma cena, já se entrevê o abrandamento do carácter de Zeus e a sua evolução. Prometeu anuncia, de facto, à infeliz novilha que Zeus porá fim aos seus sofrimentos, tocando-a com mão pacífica. E assim se justifica que as Danaides (cf. n. 78) n'*As Suplicantes* de Ésquilo, ao contarem a história da sua antepassada, terminem dizendo:

> Quem poderia pôr termo
> à demência traiçoeira
> enviada por Hera?
> É obra de Zeus;

> ....
> Qual dos deuses,
> com mais razão,
> poderia eu invocar
> para estas questões
> tão justas?
> O próprio pai,
> autor, criador, senhor
> da nossa raça,
> supremo artífice de antanho,
> remédio para todos os males,
> Zeus, que tudo conduz
> a bom termo.

Vemos como esse Zeus, único refúgio das indefesas Danaides, é bem diferente do deus caprichoso e injusto que encontramos na história de Io.

Zeus, embora nunca apareça em cena, está, todavia, presente em toda a tragédia. Vemo-lo não só através dos impropérios do Titã e das justas lamentações da alucinada Io, mas também através da hipocrisia de súbditos como Oceano, da servilidade de Hermes e da dureza inabalável do Poder.

De todas as personagens da peça, é Prometeu a mais nobre. Pense-se no seu silêncio, enquanto o agrilhoam. Apenas se lamenta quando só ou em companhia de amigos. Nos diálogos com Oceano e com Hermes, demonstra uma inflexível firmeza de carácter. Ao falar com Io, mantém uma nobre serenidade, que contrasta em absoluto com o desatino da virgem-novilha. Esta nobreza de alma do Titã tem feito dele, ao longo dos séculos, o símbolo dos mais diversos ideais.

VERSÕES MODERNAS DO MITO

Começaram a surgir, sobretudo a partir do século XVIII, as mais variadas interpretações do mito e da figura de Prometeu.

Shaftesbury[12], ao dizer que o poeta é um autêntico Prometeu, iniciou uma corrente que via no mito a luta do artista para criar a sua obra.

De acordo com os ideais de titanismo do *Sturm und Drang*, que exaltavam o indivíduo, Goethe, no fragmento dramático da sua juventude, *Prometheus*, ao fazer do Titã o modelador dos homens que se insurge contra Zeus, toma-o como símbolo da revolta humana contra a divindade.

De modo similar, no drama lírico *Prometheus Unbound*, Shelley elevou o Filantropo ao cume da glória, considerando-o um autêntico apóstolo da liberdade que triunfa de Zeus tirano. Imaginou mesmo que o Senhor dos Deuses se uniu a Tétis e que dessas núpcias nasceu Demogórgon, que veio a derrubar o pai, sendo o Titã libertado, em seguida, por Hércules.

Em contrapartida, Edgar Quinet, ao compor o drama *Prométhée*, apresenta uma visão cristã do mito[13]. Era também intenção de Guerra Junqueiro ao escrever o *Prometeu Libertado*, que deixou em esboço, aproximar Cristo, o mártir do Gólgota, de Prometeu, o mártir do Cáucaso. O Titã buscaria, por todos os meios materiais, obter a felicidade, que Cristo conseguira na esfera espiritual. Prometeu, que, a dada altura, destrói os deuses para bem dos homens, acabaria por, decepcionado com os mortais, conhecer a verdadeira liberdade através de Jesus Cristo.

---

[12] *Apud* Max Pohlenz, *op. cit.*, p. 82.

[13] Como o dramaturgo informa, no prefácio a esta sua obra, os Padres da Igreja atribuíam ao Titã uma função messiânica e muitas vezes compararam o seu suplício à paixão de Jesus, o bico da águia que devorava o fígado de Prometeu à lança que atravessou o coração de Cristo e as Oceânides às Santas Mulheres.

No final do século passado, numa época em que tantas esperanças se depositavam na ciência, Prometeu surge como a personificação da razão pela pena de Roger Dumas, que não deixa, no entanto, de evidenciar o aspecto dramático das inquietações da humanidade, que se aterroriza com a sua própria libertação e com o facto de já não encontrar deuses no universo.

O poema épico *Prometheus und Epimetheus*[14], de Spitteler, apresenta o mito de um ponto de vista filosófico, opondo psicologicamente os dois Titãs irmãos e prestando-se, assim, a uma análise psicanalítica.

O sarcasmo[15] foi a forma que André Gide encontrou para abordar o mito do Titã, na sua obra *Prométhée mal enchainé*, que significativamente termina com um banquete em que Prometeu se delicia a saborear a carne de quem durante tanto tempo lhe devorou o fígado.

Apenas a título de exemplo, foi feita referência a algumas das muitas obras literárias que tomaram como ponto de partida o mito de Prometeu.

Mas, além de poetas, mostraram também predilecção por este tema pintores, como Gustave Moreau, a quem sempre encantou a mitologia clássica, e compositores, entre os quais, Beethoven, Gabriel Fauré e, mais recentemente, Carl Orff, que compôs, em 1967, a partitura para o texto original grego.

OS PROBLEMAS CÉNICOS

Um dos vários problemas que a peça levanta diz respeito às soluções técnicas de encenação, ao tempo de Ésquilo.

A primeira dificuldade surge logo no Prólogo. Como já dissemos, a Sófocles se deve a invenção do terceiro actor. Mas como

---

[14] *Vide*, *infra*, n. 9 à tradução.

[15] O tratamento irónico do mito vem já da Antiguidade Clássica. Basta recordar a figura de Prometeu na obra de Aristófanes ou na de Luciano. Pena é que não tenha chegado até nós nenhum drama satírico, glosando o mesmo tema.

seria possível que apenas dois actores representassem os papéis de Prometeu, Hefesto e Poder?[16] Temos de admitir uma de duas hipóteses: ou que Ésquilo se serviu da inovação de Sófocles — o que acontece, aliás, na *Oresteia* — ou que a figura de Prometeu era substituída por um manequim, visto Prometeu não falar durante toda a cena em que o agrilhoam. Esta última solução técnica encontra, no entanto, graves obstáculos. Em primeiro lugar, imagina-se mal como poderia o manequim acompanhar as outras personagens na sua entrada em cena. Além disso, como Prometeu fala quando fica só, a única hipótese admissível é a de, então, um actor se insinuar por detrás do manequim. No entanto, seria provável, neste caso, que Aristófanes, com o seu espírito mordaz, censurasse este processo quando, n'*As Aves*, põe em cena esta figura.

O segundo problema surge quando Oceano entra em cena. Vemos que não dialoga com as filhas, pelo que é lícito supor que elas desapareceriam da vista do público, durante esse episódio. Murray[17] admite a hipótese de o grifo que leva Oceano ser transportado numa das extremidades de uma grua dupla em balancé, enquanto o carro alado do coro[18] se encontrava na outra; assim, quando Oceano baixasse sobre a cena, as filhas, como seria natural, elevar-se-iam. Pickard-Cambridge[19] considera inadmissível esta hipótese, devido à diferença de peso que teriam o carro alado do coro e o grifo que transportava Oceano. Prefere pensar que as Oceânides seriam trazidas num carro

---

[16] O problema não se punha quanto ao actor que desempenhava o papel de Força, visto que se tratava de um figurante.

[17] *Aeschylus, the Creator of Tragedy*, Oxford, 1962, p. 48.

[18] A propósito deste carro alado, não devemos deixar de mencionar a interessante hipótese de Eduard Fraenkel («Der Einzug des Chors im Prometheus», *Annali della Scuola Normale Superiore di Pisa*, vol. XXIII, 2.ª série, 1954, pp. 269–284) que rejeita, liminarmente, a possibilidade de as Oceânides serem transportadas num enorme carro alado, pesado e desgracioso, pensando, pelo contrário, que elas seriam trazidas cada uma em sua cadeirinha alada, baseando-se em pinturas de vasos gregos que representam veículos deste tipo.

[19] *The Theatre of Dionysus in Athens*, p. 39, n. 1.

alado sobre uma espécie de terraço do cenário e que, quando o seu pai surgisse em cena, daí desceriam por degraus escondidos. Max Pohlenz[20] admite a hipótese de o coro, no seu carro, se esconder por trás de uma rocha do cenário, enquanto Prometeu fala com Oceano.

A cena final também levanta problemas de ordem técnica. Não se possuem dados suficientes que permitam concluir se o cataclismo era apenas sugerido poeticamente por meio das palavras do texto ou se já existiam, na época, para o materializar, determinados mecanismos de teatro — como, por exemplo, *ekkyklema*, espécie de palco giratório, que retiraria Prometeu de cena, ou o *bronteion*, que emitia sons semelhantes aos da trovoada, invenções estas que alguns especialistas, no entanto, situam apenas no período helenístico.

Vejamos, por fim, como imagina Pickard-Cambridge[21] o que terá sido o cenário. Haveria vários penhascos e, ao centro, um rochedo ao qual Prometeu seria agrilhoado. Uma rampa ou vários degraus conduziriam da orquestra a essa fraga. Por cima, haveria um terraço, a que já aludimos, onde apareceria o carro alado das Oceânides.

*

Todos os problemas que apontámos terão de continuar por resolver, enquanto um bafejo de sorte não trouxer à luz as restantes peças da trilogia. Apenas tentámos informar o leitor das principais hipóteses que sobre os vários problemas têm sido apresentadas, dando-lhe, assim, a possibilidade de formar o seu próprio juízo.

---

[20] *Op. cit.*, p. 71.

[21] *Op. cit.*, p. 41.

Prometeu Agrilhoado

Argumento

Tendo Prometeu roubado a Zeus o fogo e tendo-o dado aos mortais — através do qual inventaram os homens todas as artes —, Zeus, irritado, entrega-o a Poder e Força, seus servidores, e a Hefesto, para que, depois de o conduzirem ao monte Cáucaso, aí o prendam com cadeias de aço. Feito isto, entram em cena as ninfas Oceânides para o consolarem, bem como o próprio Oceano, que anuncia a Prometeu que, indo aproximar-se de Zeus com preces e súplicas, o persuadirá a libertar Prometeu dos seus grilhões. Mas Prometeu não consente, por conhecer a inflexibilidade e a arrogância de Zeus. Depois de Oceano se ir embora, entra em cena a errante Io, filha de Ínaco, que ouve da sua boca aquilo que sofreu e aquilo que sofrerá e que um dos seus descendentes o libertará — esse é Hércules, filho de Zeus — e que ela dará à luz Épafo, devido ao toque de Zeus. Falando Prometeu com arrogância contra Zeus — dizendo como ele cairá do poder às mãos do filho que vier a engendrar — e blasfemando, entra em cena Hermes, enviado por Zeus, que o ameaça com o raio, se ele não disser o que está para suceder a Zeus. E não querendo ele anunciá-lo, rebenta uma trovoada que o engole. A cena passa-se na Cítia, sobre o monte Cáucaso, e o título é Prometeu Agrilhoado.

Prólogo

(Entram em cena Hefesto, Poder e Força, conduzindo Prometeu)

PODER

Eis-nos chegados aos confins do mundo, à região cita, à desolação desértica. Hefesto, trata de pensar nas ordens que o pai te deu e de prender este celerado às rochas alcantiladas, com cadeias indestrutíveis de aço. Pois, roubando o brilho que era teu[1], luz do fogo útil a todas as artes, dele fez presente aos mortais. Força é que os deuses o castiguem por este seu pecado, para que aprenda a suportar o poder de Zeus e a deixar a sua atitude de amigo dos homens.

HEFESTO

Poder e Força, pela vossa parte está cumprida a ordem de Zeus e já nada vos detém. Mas eu não tenho coragem[2] de prender pela

---

[1] Trata-se do fogo, cujo detentor era Hefesto (Vulcano, entre os Romanos). Cf. n. 25.

[2] Note-se a profunda humanidade de Hefesto, a quem repugna castigar Prometeu, apesar de a ofensa lhe dizer directamente respeito.

força um deus meu parente a esta escarpa batida das tempestades. Necessário é, porém, que eu tenha ânimo para o fazer, pois é grave desprezar as ordens de um pai. Ó filho de pensamentos audaciosos da prudente Témis[3], é contra vontade, minha e tua, que vou prender-te a este rochedo deserto com cadeias indissolúveis de bronze, para que não ouças a voz nem vejas a forma dos mortais[4]; mas, queimado pela chama brilhante do Sol, será mudada a flor da tua tez. Felizmente para ti, a noite salpicada de estrelas esconderá a luz, mas, de novo, o sol derreterá a geada matinal e sempre te consumirá o peso esmagador do mal presente, pois ainda não nasceu o teu libertador[5]. Tal proveito ganhaste com a tua atitude de amigo dos homens. Pois tu, deus que não teme a cólera dos deuses, deste aos mortais honras que transcendem o que é justo[6]; por isso, velarás sobre esta rocha funesta, de pé, sem dormir, sem poderes dobrar o joelho. Soltarás, então, muitas lamentações e vãos gemidos; pois a vontade de Zeus é inexorável. Severo é sempre um monarca novo.[7]

---

[3] Témis, personificação da Justiça, é, em Ésquilo, mãe de Prometeu. Hesíodo (*Teogonia* 508), porém, considerava Prometeu filho da Oceânide Clímene.

[4] Maior castigo do que estar agrilhoado é, para Prometeu, a solidão em que se encontra. O coro das Oceânides constituirá o seu refrigério e a única nota de doçura nesta tragédia, toda feita de arrogância, de violência e de desvario. Durante todo o drama, as filhas de Oceano dão a Prometeu conselhos sensatos e moderadores, ficando, no fim, corajosamente a seu lado.

[5] O libertador será Hércules, que, ao dirigir-se ao país das Hespérides, matará com uma frechada a águia que devorava o fígado de Prometeu. Sobre a genealogia de Hércules, cf. n. 78 e, sobre a águia devoradora do fígado de Prometeu, cf. n. 108.

[6] Prometeu, ao dar o fogo aos mortais, incorrera no grave pecado da insolência, pois excedeu a justa medida, que nunca ninguém — homem ou deus — deve ultrapassar. Ésquilo, nos *Persas* (821–822), diz que a insolência produz a espiga do desvario, cuja messe é feita de lágrimas.

[7] Zeus, a princípio tirano inflexível, aprenderá a moderar a sua cólera e a vergar o seu orgulho de soberano omnipotente para evitar uma queda desastrosa do trono.

PODER

Pois bem, porque hesitas e te lamentas em vão? Porque não odeias o deus mais odioso dentre os deuses, que aos mortais fez presente do teu privilégio?

HEFESTO

O parentesco e a convivência têm uma força terrível.

PODER

De acordo, mas como é possível desobedecer às ordens de um pai? Não te aterroriza isso mais ainda?

HEFESTO

Sempre foste cruel e petulante.

PODER

De nada serve lamentá-lo. Não desperdices as tuas forças com inutilidades.

HEFESTO

Ó ofício mil vezes odioso!

PODER

Porque o odeias? O teu mester, em suma, em nada é responsável por estes sofrimentos.

HEFESTO

Contudo, antes a outro ele coubesse em sorte!

PODER

Todos os poderes foram fixados, excepto os do senhor dos deuses: livre só Zeus[8].

HEFESTO

Eu sei; e nada tenho a opor a isso.

PODER

Não te apressarás a lançar-lhe em volta as cadeias, para que o teu pai não te veja perder tempo?

HEFESTO

Ele bem pode ver que já as tenho na mão.

PODER

Lança-lhas em volta dos braços. Bate-me com força esse martelo! Prega-o aos rochedos.

HEFESTO

Pronto. E não foi vão o trabalho.

---

[8] Sobre a liberdade de Zeus, cf. n. 51.

PODER

Bate mais. Aperta. Não abrandes, que ele é capaz de encontrar saída até para o que não tem solução.

HEFESTO

Este braço está preso e não pode soltar-se.

PODER

Prende este, agora, solidamente, para que ele saiba que, embora engenhoso, tem o espírito mais lento do que Zeus.

HEFESTO

Ninguém, a não ser este, me censuraria com justiça.

PODER

Agora, com força, de uma cunha de aço espeta-lhe o gume arrogante que lhe trespasse o peito.

HEFESTO

Ai! Ai! Prometeu, gemo surdamente pelos teus sofrimentos.

PODER

Hesitas, então de novo, e lamentas os inimigos de Zeus? Toma cautela, não vás um dia, mais tarde, gemer sobre ti próprio.

HEFESTO

Espectáculo doloroso de ver!

PODER

Vejo que ele recebe o tratamento que merece. Vamos! Lança-lhe o cinto em volta dos flancos.

HEFESTO

É necessário fazê-lo, mas poupa-me aos teus incitamentos.

PODER

Eu te incitarei e te exortarei, além do mais. Desce e ata-lhe as pernas vigorosamente.

HEFESTO

Está cumprida a tarefa e sem grande esforço.

PODER

Agora, bate com força as peias que se lhe enterrem na carne, pois severo é o censor destes trabalhos.

HEFESTO

A tua língua diz bem com o teu aspecto.

PODER

Tu, sê mole, mas não me censures a arrogância e a aspereza da minha cólera.

HEFESTO

Vamos, que já está bem agrilhoado.

PODER

Agora, aqui, neste lugar, sê insolente e, depois de roubares o privilégio dos deuses, faz presente dele aos efémeros. Que alívio os mortais serão capazes de trazer aos teus sofrimentos? Com um falso nome, os deuses te chamam Prometeu — o Previdente[9] —; deves, pois, de maneira previdente, libertar-te das cadeias forjadas pela arte deste.

(Saem Hefesto, Poder e Força)

PROMETEU

Ó éter divino! Ó ventos de asas rápidas! Ó águas correntes dos rios! Ó sorrisos sem número das vagas marinhas! Ó terra, mãe de todas as coisas! Invoco também o disco do Sol, que tudo vê! Contemplai o que eu, um deus, sofro da parte dos deuses. Vede com que tratamento injurioso, dilacerado, suportarei a grande idade do tempo[10]. Foi esta a prisão indigna que para mim inventou o novo chefe dos Bem-Aventurados. Ai! Ai! Como deploro o sofrimento presente e o que há-de vir! Para quando, enfim, está decretado pelo destino o termo destas minhas penas? Mas que digo eu? Já sei antecipadamente e com exactidão tudo o que vai acontecer. Nem virá sobre mim

---

[9] Jogo de palavras baseado na etimologia do nome de Prometeu, que em grego significava «previdente». Note-se, de passagem, que o nome de seu irmão Epimeteu significava «que reflecte depois», dando-nos ideia da sua insensatez e opondo, assim, os dois irmãos.

[10] Prometeu estará agrilhoado durante trinta milénios. O escólio a este verso afirma o seguinte: «No [Prometeu] Portador do Fogo, [Ésquilo] diz que [Prometeu] esteve agrilhoado durante trinta mil anos.»

nenhum sofrimento imprevisto. Preciso é suportar o mais facilmente possível o que foi marcado pelo destino, pois bem sei que a força da Necessidade é inexpugnável. Mas nem é possível calar as minhas desgraças nem não as calar. Por ter dado um privilégio aos mortais — infeliz! —, foi-me posto este jugo de dores. Apoderei-me da nascente do fogo, que enchia um caule de canafrecha e que se revelou mestra de todas as artes e grande recurso para os mortais. Sofro os castigos destes meus erros, agrilhoado, ao ar livre. Ah! Ah! Oh! Oh! Que som, que odor imperceptível voou até mim? Enviado pelos deuses, ou mortal, ou de deuses e de homens misturado? Chega a este rochedo do fim do mundo para contemplar os meus sofrimentos, ou que quer ele? Vede como eu estou agrilhoado, eu, o deus infeliz, eu, o inimigo de Zeus, eu, o que incorreu no ódio de todos aqueles deuses que frequentam o palácio de Zeus, por ter amado em demasia os homens. Ai! Ai! Que barulho de aves ouço, de novo, aqui perto? Zumbe o éter com um leve bater de asas. Receio tudo o que de mim se aproxima.

PÁRODO

(Entra em cena o coro das Oceânides)

CORO

Nada temas,
Pois amigo é o bando
Que com rápido esforço de asas
Chega a este rochedo,
Depois de vergar, a custo,
A vontade paterna[11].

[11] É evidente que Oceano, que fora cúmplice de Prometeu e que, na devida ocasião, se retirara para se ilibar de qualquer acusação — pormenor que só

Trouxeram-me os ventos velozes,
Pois do aço
O eco estrepitoso
Ressoou até o fundo das cavernas
E expulsou de mim
A tímida vergonha
E, descalça[12],
Neste carro alado
Me precipitei.

PROMETEU

Ai! Ai! Descendência da prolífica Tétis e do pai Oceano[13], que rodeia toda a terra[14] do seu fluxo que nunca tem repouso, vede, considerai com que grilhões, preso a esta escarpa, eu passarei meus tristes dias, de sentinela, sobre rochosos píncaros.

CORO

Vejo, Prometeu;
E terrível, de lágrimas carregada,
Uma bruma cobre

---

aparece em Ésquilo —, não gostaria que as filhas fossem contemplar as desgraças do Titã e compadecer-se com elas.

[12] Este pormenor significa, segundo o escoliasta, que as Oceânides deixaram à pressa a sua morada.

[13] As Oceânides, em número de três mil, segundo Hesíodo (*Teogonia* 364), personificavam os ribeiros e as fontes. Eram filhas de Tétis e de Oceano, seu irmão.

Não deve confundir-se esta Tétis com a sua neta, filha de Nereu e de Dóris. Embora os nomes se confundam em português, devido à grafia actual, o certo é que, em grego, eles eram respectivamente — *Τηθύς* (Tethys) e *Θέτις* (Thetis).

[14] Já em Homero (*Ilíada*, XVIII. 607–608 — descrição do escudo de Aquiles) surge a ideia de que a terra é plana e circundada pelo rio Oceano.

Estes meus olhos,
Ao contemplar teu corpo
A secar sobre a rocha,
Maltratado por esses grilhões de aço.
Novos senhores
Governam o Olimpo[15]
E com leis novas
Zeus rege sem regra
E destrói, agora,
Os fortes de antanho[16].

PROMETEU

Antes ele me tivesse lançado para o Tártaro[17] sem saída, sob a terra, abaixo do Hades que recebe os mortos, e me prendesse cruelmente com cadeias indissolúveis, para que nenhum deus nem outro ser qualquer exultasse com estes meus sofrimentos. Mas, agora, eu, infeliz, com o corpo a baloiçar nos ares, sofro para gáudio dos meus inimigos.

---

[15] O Titã Crono, conhecedor dum oráculo que predizia que um descendente seu o havia de destronar, devorava todos os seus filhos. A sua esposa Reia, querendo salvar o pequeno Zeus, deu a comer ao marido, em vez do filho, uma pedra envolta em faixas. Quando Zeus cresceu, Métis entregou-lhe uma droga que ele ministrou a Crono, fazendo-o vomitar, assim, os outros filhos que engolira. Ajudado pelos irmãos, Zeus venceu Crono e os Titãs, que encarcerou no Tártaro.

Prometeu, apesar de Titã, também foi aliado de Zeus, pelo que deveria merecer a sua gratidão.

[16] «Os fortes de antanho» são os Titãs. Além deste combate, sustentou Zeus lutas com os Gigantes, irmãos daqueles deuses antigos, e ainda com Tifeu.

[17] Na versão homérica e hesiódica, esta região subterrânea, onde eram precipitados os inimigos dos deuses, ficava situada abaixo do Hades, do qual distava tanto quanto o Céu da Terra. Assimilado aos poucos ao reino dos mortos, o Tártaro chegou a ser considerado como local de punição das almas danadas, conforme documenta o Livro VI da *Eneida*.

CORO

Qual dos deuses
Teria tão duro coração
Que se alegrasse com isto?
Quem, a não ser Zeus,
Não se indignará com os teus males?
Ele, sempre rancoroso,
De coração inflexível,
Domina a família celeste
E não cessará,
Antes de fartar o coração,
Ou antes que alguém,
Com arte,
Lhe tome o poder,
Difícil conquista[18].

PROMETEU

Eu vos juro que, embora maltratado nestas firmes cadeias, ainda um dia o chefe dos Bem-Aventurados precisará que eu lhe indique a resolução irreflectida que lhe roubará o ceptro e as honrarias[19]. E em nada me encantará com a magia das palavras de mel da sua eloquência persuasiva, nem eu, assustado por duras ameaças[20], revelarei este segredo, antes que ele me liberte destes cruéis grilhões e consinta em ser castigado por este tratamento injurioso.

---

[18] O coro pensa que Zeus está sujeito ao mesmo fatalismo que destronou o seu pai e o seu avô. Cf. n. 51.

[19] A resolução irreflectida que privará Zeus do trono será o casamento com Tétis. Prometeu, único detentor deste segredo — além da sua mãe, que lho revelou —, só o desvendará a Zeus, quando este o libertar dos seus grilhões.

[20] Esta frase aponta para o fim da tragédia, para o momento em que Hermes virá anunciar a Prometeu as desgraças que o esperam, se continuar a lançar impropérios contra Zeus.

CORO

És ousado
E não cedes aos reveses amargos.
Tens a língua solta demais.
Mas um medo penetrante me excitou o espírito.
Temo pela tua sorte,
Sem saber em que porto, enfim,
Verás um dia o termo
Destas tuas penas,
Pois o filho de Crono
Tem alma inexorável,
Coração inflexível.

PROMETEU

Eu sei que Zeus é duro e que tem consigo o direito. Contudo, penso que, um dia ainda, a sua alma se adoçará, quando for despedaçado pelos sofrimentos[21], e quando, apaziguada a cólera implacável, inquieto vier então ter comigo, também inquieto por meu lado, para ser meu aliado e meu amigo.

[21] Em consonância com esta noção de perfectibilidade do Pai dos Deuses, surge, no *Agamémnon* (177–178), a afirmação de que Zeus ensinou aos mortais o preceito de que só se aprende pelo sofrimento.

1.º Episódio

CORIFEU

Revela-nos tudo e diz-nos por que ofensa Zeus, depois de te prender, assim te maltrata de maneira infamante e cruel. Diz-nos, se isso te não custa.

PROMETEU

É-me doloroso contá-lo, mas também me dói calá-lo; de qualquer maneira, sofro. Quando os deuses começaram a encolerizar-se[22] e se suscitou entre eles uma contenda, querendo uns destronar Crono, para que, desde então, Zeus fosse o seu senhor, esforçando-se os outros, pelo contrário, por que Zeus nunca governasse sobre os deuses, então eu, embora desse os melhores conselhos para convencer os Titãs, filhos do Céu e da Terra, não o consegui. Desprezando as artimanhas, pensavam, com a presunção de fortes, que, sem custo, venceriam pela violência. Mas, mais de uma vez, a minha mãe, Témis ou Gaia[23] — uma só forma com muitos nomes —, me anunciara o

---

[22] Alusão à Titanomaquia. Cf. n. 15.

[23] Témis é por Ésquilo assimilada a Gaia — a Terra —, mãe de Prometeu. Ésquilo, logo no início do Prólogo da sua tragédia *As Euménides*, apresenta Témis como filha de Gaia e como a segunda profetisa que tomou assento no

futuro, tal como havia de acontecer: que venceriam os que fossem superiores em astúcia e não em força e violência. Expondo-lhes eu isto em pormenor, nem sequer se dignaram considerar o caso. Dando ouvidos à minha mãe, pareceu-me, então, que, nestas circunstâncias, o melhor seria pôr-me, de bom grado, ao lado de Zeus, que, de bom grado, me acolheu. E é por esses meus conselhos que as regiões subterrâneas e sombrias do Tártaro escondem o antigo Crono e os seus aliados. Depois de ter aproveitado de mim estes conselhos, o rei dos deuses recompensou-me com estas cruéis penas. Pois há na tirania esta doença: desconfiar mesmo dos amigos. À vossa pergunta — por que razão ele me maltrata —, vou responder claramente. Logo que se sentou no trono do seu pai, pelos deuses distribuiu imediatamente os privilégios: a uns, uns, a outros, outros; e hierarquizou os poderes, mas não fez caso dos infelizes mortais. Pelo contrário, pretendia, pela destruição de toda a raça, gerar uma nova. E ninguém se lhe opunha, a não ser eu. Eu, eu é que tive essa ousadia. Livrei os mortais de irem para o Hades, despedaçados. É por isso, com toda a certeza, que vergo ao peso destas dores cruéis de suportar e lastimosas de ver. Por me ter apiedado dos mortais, a mim próprio me foi recusada piedade, mas, pelo contrário, sou assim cruelmente maltratado, espectáculo que não dá glória a Zeus.

CORIFEU

Teria um coração de ferro e seria feito de pedra quem quer que, ó Prometeu, se não indignasse com as tuas penas. Eu bem gostava de as não ver e, ao vê-las, meu coração sofre.

---

templo de Apolo em Delfos. Parece ter sido esta qualidade profética de Témis — única conhecedora do oráculo sobre o casamento de Zeus com Tétis — que terá levado Ésquilo a confundi-la, voluntariamente, com Gaia, mãe de Prometeu, para que com maior verosimilhança o Titã pudesse ter obtido de Témis, como sua mãe, o conhecimento de tal oráculo.

PROMETEU

Por certo, sou deplorável para os amigos que me vejam.

CORIFEU

Acaso não foste ainda mais além do que contaste?

PROMETEU

Sim, fiz que os homens deixassem de se preocupar com a morte.

CORIFEU

Que remédio inventaste para essa doença?

PROMETEU

Insuflei-lhes cegas esperanças.[24]

CORIFEU

Grande bem deste aos mortais.

PROMETEU

E além disso — atentai bem — dei-lhes o fogo[25].

---

[24] A dádiva da esperança aos mortais é uma inovação de Ésquilo. Hesíodo fala apenas da entrega do fogo aos homens.

[25] Através desta lenda, explicavam os Gregos o aparecimento do fogo sobre a terra, acontecimento da maior importância, que se encontra na base da civilização e para o qual, por isso mesmo, os homens, desde sempre, procuraram explicação. Para se compreender perfeitamente o que o aparecimento do fogo representou para o Homem — e, por conseguinte, a gravidade do crime de Prometeu, ao presentear os mortais com um dom divino —, leia-se, *e. g.*, «O lume», de Eça de Queirós, em *Prosas Bárbaras*.

CORIFEU

E agora os efémeros possuem o fogo ardente?!

PROMETEU

Do qual aprenderão muitas artes.[26]

CORIFEU

Então é por esses agravos que Zeus te...

PROMETEU

Maltrata e de maneira nenhuma me liberta dos meus males.

CORIFEU

E não há termo proposto para o teu sofrimento?

PROMETEU

Nenhum, senão quando lhe parecer conveniente.

CORIFEU

Mas como? Que esperança há? Não vês que cometeste um erro?[27] Dizer que cometeste um erro não me dá prazer e para ti é dor. Mas não falemos nisto; e procura libertar-te dos teus sofrimentos.

---

[26] O fogo está, de facto, na origem de todas as artes. Os oleiros atenienses do «Kerameikos» bem o sentiram, ao celebrarem festas em honra de Prometeu.

[27] Note-se que as Oceânides não aprovam o roubo do fogo por Prometeu, pois pensam que ele excedeu a justa medida. No entanto, no fim da tragédia,

PROMETEU

É fácil para quem tenha os pés fora do sofrimento aconselhar e repreender o infeliz. Mas eu já sabia tudo isto. Cometi este erro por querer, por querer[28] — não o negarei. Por valer aos mortais, eu próprio vim cair na desgraça. É certo que eu não pensava que, consumido por tais sofrimentos e agrilhoado a estes altos rochedos, me caberia em sorte este pico ermo e solitário. Não lamenteis as minhas dores presentes e, pondo os pés no chão[29], ouvi os infortúnios que aos poucos de mim se aproximam, e ficareis a saber tudo até o fim. Obedecei-me, obedecei, associai-vos às penas de quem agora sofre, pois a infelicidade, pairando sobre todos, ora pousa num, ora noutro.

CORIFEU

Seguíamos já os teus conselhos, sem que tu nos incitasses, Prometeu. E agora, com pé ligeiro, deixando o carro veloz e o éter sagrado, caminho das aves, pouso sobre esta terra áspera. Quero ouvir até ao fim as tuas penas.

(Chega Oceano)

---

elas estarão incondicionalmente a seu lado, sem dúvida por reconhecerem que também Zeus ultrapassou o limite do que é justo.

[28] Veja-se que o próprio Prometeu reconhece que errou, acentuando que o fez por querer. Por isso se tornou ele, entre outros, o símbolo da personalidade firme que tudo arrosta para alcançar o que deseja. Prometeu, filantropo por excelência, embora conhecendo antecipadamente os sofrimentos que lhe adviriam do seu acto, comete-o, ainda assim, a bem da humanidade.

[29] Prometeu convida as Oceânides a descerem do seu carro alado, transportado provavelmente por uma *mekhane* (cf. Introdução, p. 28 e n. 18).

OCEANO

Aqui estou, Prometeu, após longo caminho, conduzindo sem freio, só com o pensamento, esta ave de asas rápidas[30]. Fica sabendo: sofro contigo as tuas penas. Pois a isso — creio eu — o parentesco[31] me obriga. À parte o parentesco, não há ninguém a quem eu mais estime do que a ti. Verás que isto é verdade e que não está no meu feitio mentir para me tornar agradável. Vamos! Diz-me em que devo ajudar-te; pois não dirás, um dia, que tens amigo mais fiel do que Oceano.

PROMETEU

Que quer isto dizer? Também tu vens, então, contemplar as minhas penas? Como ousaste vir à terra da mãe do ferro, deixando o rio[32] que do teu tira o seu nome e os antros naturais com abóbada de pedra? Ou acaso vieste para ver a minha desgraça e para te indignares com os meus males? Contempla este espectáculo: eu, o amigo de Zeus, o que o ajudou a consolidar o seu poder, ao peso de que sofrimentos, sou por ele subjugado.

---

[30] Oceano é conduzido por uma ave-quadrúpede, uma espécie de grifo (cf. n. 82). A primeira representação pictórica de Oceano, que aparece no Vaso François (*c.* 570 a. C. — Museu Arqueológico de Florença), mostra o deus montado num cavalo tritónico. Estátuas há que representam Oceano como um velho sentado nas ondas do mar, tendo a seu lado um monstro marinho. Supomos que o animal alado representado na estátua existente no Museu Nacional de Nápoles, da qual tivemos oportunidade de ver apenas uma gravura pouco clara, seja um grifo.

[31] Oceano é o mais velho dos Titãs e, segundo Ésquilo, irmão de Prometeu, que nesta peça o tragediógrafo considera também como filho de Gaia (cf. n. 23). Nas versões em que Prometeu surge como filho da Oceânide Clímene, Oceano é considerado seu avô e simultaneamente seu tio, por ser irmão de Jápeto.

[32] Esse rio é o Oceano. Cf. n. 14.

OCEANO

Vejo, Prometeu, e quero dar-te o conselho mais vantajoso, embora tu sejas fértil em manhas: conhece-te a ti mesmo[33] e toma novas atitudes, pois também novo é o senhor dos deuses. Se proferires palavras assim rudes e mordentes, talvez Zeus te ouça, por longe e alto que esteja, e talvez a multidão destes sofrimentos venha a parecer-te brincadeira de crianças. Vamos, ó infeliz, afasta a cólera que sentes e busca o fim destes teus tormentos. Talvez te pareça que eu digo velharias. E, contudo, Prometeu, este é o castigo duma língua demasiado altiva. Mas tu ainda não te humilhaste nem cedes aos males e queres acrescentar mais àqueles que já tens. Se seguires o que eu te ensino, não escoucinharás contra o aguilhão, ao veres que um rude monarca governa sem ter de dar contas a ninguém[34]. E agora vou ver se posso libertar-te destas penas; mas tu fica quieto e não fales com demasiada intemperança. Ou acaso não sabes tu, tão sábio, que às línguas insensatas é infligido castigo?

PROMETEU

Invejo-te porque estás fora de qualquer acusação, tu, que foste meu cúmplice e que ousaste tanto quanto eu. E agora deixa correr e não te preocupes com isto; de maneira nenhuma o convencerás, que ele não se deixa convencer facilmente. Mas vê bem, não vás tu prejudicar-te em alguma coisa com a tua iniciativa.

---

[33] Na boca de uma personagem acomodatícia e hipócrita, esta variante da solene máxima do templo de Apolo em Delfos surge deformada, servindo, segundo cremos, a intenção de denegrir e até de ridicularizar a figura de Oceano, que sofisticamente tenta modificar a nobre e inflexível conduta de Prometeu.

[34] Cf. v. 50.

OCEANO

Sabes muito melhor aconselhar os outros do que a ti próprio. Estou a julgar pelos actos e não pelas palavras. Não tentes deter quem está impaciente, pois eu tenho a presunção, sim, tenho a presunção de acreditar que Zeus me conceda libertar-te destas penas.

PROMETEU

Eu to agradeço e jamais deixarei de o fazer, pois nada descuras para mostrar a tua boa vontade. Mas não te canses, pois em vão te cansarás para me ajudar, se é que tencionas cansar-te. E agora vai-te em paz. Já que eu sou infeliz, não gostaria de arranjar sofrimentos para muitos outros. Não, isso não! Acabrunha-me já a triste sorte do meu irmão Atlante[35], de pé, lá para os lados do poente, sustentando aos ombros a coluna do céu e da terra, fardo difícil de suportar. Compadeci-me também ao ver submetido pela força o filho da Terra, o habitante dos antros cilicianos[36], monstro destruidor com cem cabeças, o impetuoso Tifeu[37]. Opôs-se a todos os deuses, soprando medo

[35] Vulgarmente conhecido por Atlas. Gigante, filho de Jápeto e de Clímene. Apesar de Prometeu não ser considerado por Ésquilo filho de Clímene, Atlante não deixa de surgir, contudo, como seu irmão, tal como acontece nas restantes versões. Em Diodoro (III. 60.1), no entanto, o Gigante é filho de Úrano. Por ter lutado contra os deuses olímpicos (cf. n. 16), foi obrigado a sustentar aos ombros a abóbada celeste. Perseu, tendo-lhe mostrado a cabeça de Medusa, petrificou-o, transformando-o no monte do Norte de África que ainda hoje tem o seu nome.

[36] De acordo com uma das versões da lenda (*Ilíada* II. 783), Tifeu habitou, a princípio, uma região vulcânica da Cilícia.

[37] Tifeu ou Tifão, filho de Gaia e de Tártaro, era um ser gigantesco meio homem, meio animal. Era alado e possuía cem cabeças de dragão que emitiam os sons de todos os animais ferozes. Da cinta para baixo, cingiam-no serpentes. Lançava chamas pelos olhos. Zeus travou contra este monstro a sua luta mais terrível e, a princípio derrotado e mutilado por ele, acabou por o vencer, soterrando-o debaixo do Etna, cujas erupções vulcânicas eram, segundo a lenda, as chamas lançadas por Tifeu.

pelas terríveis fauces. Os seus olhos despediam um brilho sinistro, como se ele fosse derrubar pela força a tirania de Zeus. Mas atingiu-o o dardo insone de Zeus, o raio que ao cair se inflama, e derrubou-o dos seus discursos altivos. Atingido no coração, a sua força foi reduzida a cinzas e fulminada. E agora, corpo inútil e sem alento, perto dum braço de mar, ele jaz, soterrado sob as raízes do Etna, enquanto, sentado no cimo do monte, Hefesto bate ferro em brasa. Daí, sairão um dia rios de fogo que, com línguas selvagens, devorarão as planícies da Sicília dos belos frutos[38]. Tal a cólera em cachão que Tifeu fará brotar com os dardos ardentes duma insaciável tempestade de fogo, embora calcinado pelo raio de Zeus. Mas tu não és inexperiente nem precisas que te ensine; salva-te, como muito bem sabes[39]. Entretanto, eu esgotarei o cálice da presente fortuna até que o espírito de Zeus abandone a sua ira.

OCEANO

Não sabes tu, Prometeu, que há palavras que são médicos da cólera apaixonada?

PROMETEU

Se, no momento oportuno, alguém nos apaziguar o ânimo, sem abater à força a alma túmida de paixão.

OCEANO

Mas que prejuízo vês na boa vontade e na ousadia? Diz-me.

---

[38] Alusão à erupção do Etna que ocorreu em 479/478 a. C. e que, como ficou dito, constitui o *terminus post quem* para a datação da peça.

[39] Por meio desta frase contundente e mordaz, sublinha Ésquilo, pela boca do protagonista, um dos mais importantes traços característicos de Oceano: o seu ardiloso engenho para sair ileso de situações embaraçosas e comprometedoras.

PROMETEU

Um afã desnecessário e uma imprudente ingenuidade.

OCEANO

Deixa-me ser doente dessa doença, já que o mais vantajoso é parecer que não pensa aquele que pensa bem.

PROMETEU

Essa falta parecerá antes minha.

OCEANO

As tuas palavras mandam-me, sem rodeios, voltar para casa.

PROMETEU

Para que as tuas lamentações sobre mim não te façam incorrer no ódio de alguém.

OCEANO

Daquele que há pouco está sentado num trono todo-poderoso?

PROMETEU

Toma cautela, não vá um dia o seu coração irritar-se.

OCEANO

Prometeu, a tua desgraça é mestre.

PROMETEU

Vai. Toma cuidado contigo e continua fiel a essa opinião.

OCEANO

Mandas-me que faça o que já tencionava fazer, que esta ave-quadrúpede já roça as asas no caminho liso do éter e, muito contente, dobrará o joelho no seu estábulo.

(Sai Oceano)

1.º ESTÁSIMO

CORO

Lamento-te, Prometeu,
Pela tua sorte maldita,
E dos meus olhos ternos
Deixo correr
Torrentes de pranto
E molho o meu rosto
Com húmidas lágrimas,
Pois Zeus governando,
Com leis que são suas,
Aos deuses de outrora
O ceptro orgulhoso
Faz reconhecer
Por actos deploráveis.

E já todo inteiro
Este país solta gritos
Que fazem chorar.
Sobre a tua honra magnífica,
Venerável, antiga,
Estes gemem,
E sobre a dos teus irmãos.
E também te lamentam
Todos os que habitam
A terra vizinha
Da Ásia sagrada
E, sendo mortais,
De ti têm dó,
Pelos teus sofrimentos,
Que fazem soltar grandes gemidos,
E as virgens da Cólquida,
Intrépidas guerreiras[40],
E a multidão cita
Dos confins da terra,
Em volta do Meótide[41],

---

[40] Trata-se das Amazonas, filhas de Ares e de Harmonia. Estas virgens guerreiras odiavam o domínio de qualquer varão. Há várias lendas que contam que as Amazonas se uniam a varões dos povos vizinhos ou a prisioneiros de guerra unicamente pelo desejo de procriar, mas que depois os mutilavam, para que eles não pudessem dominá-las. As Amazonas matavam os homens em campo de batalha ou num sacrifício anual. Pela mesma razão, mutilavam também os filhos varões e chegavam mesmo a matá-los. É discutida a etimologia do nome, porém, há quem pense que significa «que não têm seio», pois costumavam extirpar um seio para poder manejar mais à vontade o arco e a lança. Outra das etimologias possíveis é a que considera que o nome vem da junção dum *α* privativo a *μᾶζα* (*mazda*), significando o nome que estas virgens se alimentavam não de pão, mas de carne.

[41] O Meótide corresponde ao actual Mar de Azov.

E a arábica flor de Ares[42],
Que, perto do Cáucaso, habita
Uma cidade sobre altas escarpas,
Exército destruidor,
Retinindo
Nas lanças aceradas.

[Antes, só outro deus vi
Oprimido pela afronta
De grilhões de aço:
O Titã Atlante,
Que às costas sustenta
Constantemente
Ingente e pesada força
E a celeste abóbada.]
Soltam gemidos surdos as vagas marinhas,
Umas sobre outras caindo.
Geme o fundo do mar.
Sob a terra, o Hades sombrio
Surdamente murmura
E as ondas dos rios
De límpida corrente
Gemem tua dor lamentável.

---

[42] Sendo Ares o deus da guerra, deve entender-se «a arábica flor de Ares» como os guerreiros árabes.

2.º Episódio

PROMETEU

Não penseis que me calo de orgulho ou de arrogância. Mas um cuidado me devora o coração, ao ver-me assim insultado. E, no entanto, quem, senão eu, deu a estes deuses novos, sem reservas, privilégios honoríficos? Mas sobre isso eu me calo, pois vos diria o que já sabeis. Ouvi, porém, as desgraças dos mortais e como eles eram pueris antes de eu os tornar inteligentes e senhores da razão. Quero falar, mas não para censurar os homens, antes para expor em pormenor a benevolência do que lhes dei. A princípio, quando viam, viam falsidades; quando ouviam, não entendiam; e, como as formas dos sonhos, misturavam tudo ao acaso, durante a longa existência; e não sabiam construir casas soalheiras de tijolo, nem sabiam trabalhar a madeira; viviam em antros subterrâneos, como as formigas ligeiras, nas profundidades sem sol das cavernas. E não tinham indício seguro do Inverno, nem da florida Primavera, nem do fecundo Verão; mas faziam tudo sem discernimento, até eu lhes ensinar o enigmático nascer e ocaso dos astros. Também descobri para eles os números, a principal das invenções engenhosas, e a combinação das letras, memória de tudo quanto existe, obreira-mãe das musas. E fui o primeiro a pôr sob jugo os animais, submetendo-os ao cabresto ou aos corpos dos homens, para que sucedessem aos mortais nos trabalhos mais pesados, e atrelei aos carros cavalos dóceis, ornamento do luxo excessivo. E nenhum outro senão eu inventou para os marinheiros os navios de asas de linho, que vogam sobre o mar. E eu, que descobri tudo isto para os mortais — infeliz —, não tenho maneira de me libertar do sofrimento presente.

CORIFEU

Porque sofres uma desgraça infamante, estás desatinado e perdido, e, como um mau médico que adoeceu, desanimas e não podes descobrir remédios que te curem.

PROMETEU

Mais te admirarás quando me ouvires contar o resto: as artes e recursos que inventei. Sobretudo isto: — se alguém ficasse doente, não havia mezinha que tomasse ou com que se ungisse ou que bebesse; pelo contrário, definhavam, à míngua de drogas, antes de eu lhes revelar as misturas dos remédios calmantes com que afastassem para longe de si todas as doenças. E pus por ordem as muitas espécies de adivinhação, e fui o primeiro a distinguir o que de simples sonhos se deve tornar realidade, e dei-lhes a conhecer os obscuros presságios dos ruídos[43] e os que se encontram pelo caminho[44], e discerni

---

[43] É a chamada cledonomancia. Qualquer palavra, qualquer frase ouvida casualmente podia ser tomada por um presságio. A etimologia tinha, neste caso, uma enorme importância. Pausânias (VII. 22.3) fala de um oráculo de Hermes «Agoraios» (da praça pública) obtido por este processo: ao ouvido da estátua, o consulente dizia o que pretendia saber; então, tapava os ouvidos até sair da ágora e a primeira palavra que ouvisse, quando os destapasse, era a resposta do oráculo.

[44] Um encontro fortuito — muitas vezes até com um animal — constituía, conforme as circunstâncias, um bom ou mau presságio.

exactamente o voo das aves[45] de garras recurvas, quais as favoráveis e as que por sua natureza são desfavoráveis, os hábitos de cada uma e o ódio que sentem umas pelas outras, seus amores e ajuntamentos, e a lisura das suas entranhas e que cor deveriam ter para agradarem aos deuses, e os múltiplos aspectos favoráveis da vesícula biliar e do lóbulo do fígado[46], e, queimando os membros cobertos de gordura e o extenso lombo das vítimas, guiei os mortais na difícil arte da adivinhação e fiz-lhes ver claramente os sinais do fogo[47], que antes eram obscuros. Foi isto o que eu fiz. Quem, antes de mim, ensinara a descobrir os bens ocultos debaixo da terra: o bronze, o ferro, a prata e o ouro? Ninguém — bem o sei — se não quiser jactar-se sem fundamento. Numa só frase, aprende tudo, em suma: todas as artes para os mortais vêm de Prometeu.

CORIFEU

Mas então não ajudes os mortais mais do que é conveniente e não deixes de pensar na tua própria desdita. Pois eu tenho a esperança de que tu, uma vez liberto destas cadeias, venhas a ser não menos forte do que Zeus.

---

[45] Referência à ornitomancia. Para o observador voltado para norte, uma ave vinda da direita, isto é, do Oriente, era um sinal favorável, do mesmo modo que era desfavorável se se apresentasse da esquerda. O voo elevado com as asas estendidas também era propício.

[46] Referência à hieromancia ou hieroscopia. Tratava-se da observação das vísceras das vítimas, para verificar se se apresentavam sãs — bom augúrio — ou se tinham anomalia ou doença — mau augúrio.

[47] Referência à piroscopia. Tratava-se de observar a maneira como a vítima era consumida pelo fogo. As chamas deviam elevar-se sem fumo excessivo e sem crepitar. A intervenção de chuva ou de qualquer outro fenómeno atmosférico era mau augúrio.

PROMETEU

O destino, que tudo acaba, ainda não determinou pôr termo a isto, mas, depois de vergar ao peso de mil sofrimentos e calamidades, eu fugirei a estas cadeias. O engenho é, de longe, mais fraco do que a Necessidade[48].

CORIFEU

Quem governa a Necessidade?

PROMETEU

As três Moiras[49] e as Erínias de fiel memória[50].

CORIFEU

Então Zeus é menos poderoso do que elas?

---

[48] A Necessidade — *Ananke* — constituía a Força suprema a que até os deuses estavam submetidos.

[49] As Moiras representam o destino de cada indivíduo. Correspondem às três Parcas latinas. A palavra «moira» significa «parte, lote», ou seja, aquilo que coube em sorte a cada um.

[50] As Erínias equivaliam entre os Romanos às Fúrias. Enlouqueciam as vítimas de que se apoderavam. Orestes, em virtude de ter assassinado a mãe, é perseguido pelas Erínias, n'*As Euménides* de Ésquilo. Estas divindades terríficas castigavam os crimes contra a natureza. Ésquilo, na peça acima mencionada, põe em cena a transformação das Erínias em Euménides (as Benevolentes), por obra de Atena, que, de deusas vingativas, as converteu nas deusas benéficas da prosperidade.

PROMETEU

Sem dúvida que ele não poderá fugir ao que está marcado pelo destino.[51]

---

[51] O Zeus que encontramos n'*As Suplicantes* e na *Oresteia* aparece identificado com a Moira. Pode, portanto, estranhar-se o facto de aqui Ésquilo o apresentar submetido às leis do destino. Tudo nos parece explicável, no entanto, se tomarmos em consideração a evolução dos deuses, a que já nos referimos na Introdução. Zeus, no dealbar da história do mundo, estaria submetido à Moira, vindo a identificar-se com ela, mais tarde, assim como chegaria a identificar-se com a própria Justiça.

Antes de mais, parece-nos essencial distinguir, aqui, a verdade dramática das concepções teológicas do poeta. É evidente que o piedoso Ésquilo acreditava que era Zeus quem regia o destino. No entanto, no *Prometeu Agrilhoado*, ele apresenta um Zeus primitivo, que ainda não atingiu a sua plenitude. Sikes e Willson (*The Prometheus Vinctus of Aeschylus*, p. 113) e Groeneboom (*Aeschylus' Prometheus*, p. 190) notam que apenas na boca de Prometeu, o inimigo de Zeus, põe Ésquilo palavras deste teor que intentam diminuí-lo. Chamamos, no entanto, a atenção do leitor para o v. 165, em que o coro admite a possibilidade de Zeus vir a ser destronado (cf. n. 18).

Duas razões tornam toda esta questão altamente controversa: uma provém de que ninguém pode pisar com segurança o terreno das concepções religiosas gregas; a outra resulta de que estamos a estudar uma obra incompleta. Os vv. 514–522 são deliberadamente reticentes, e isto não é novidade em Ésquilo (cf. *As Suplicantes* 387–388).

Por fim, faremos referência aos vv. 440–444 do Livro XVI da *Ilíada*. Quando, nesse passo, Zeus pretende retirar da luta o seu filho Sarpédon, que corre perigo, Hera — embora admita a possibilidade de ele assim proceder — diz-lhe, no entanto, que ele não deve fazê-lo. A partir daqui, inferem alguns especialistas que é tal o poder da Moira que até Zeus lhe está submetido, sem poder modificá-la. Mas outros, baseando-se em que Hera admite que Zeus faça o que pretende, vêem, neste passo, um esboço da referida identificação de Zeus com a Moira.

O problema continuará, portanto, em aberto. Tomando como ponto estabelecido que a verdade dramática não coincide, aqui, com as concepções religiosas do autor, pensamos que Ésquilo quis significar que, neste momento da história do mundo, ainda Zeus não se identificara com o destino.

CORIFEU

Que pode estar fixado pelo destino para Zeus, senão governar sempre?

PROMETEU

Isso já tu não podes saber. Não insistas.

CORIFEU

Acaso é sagrado o que me escondes?

PROMETEU

Falai de outra coisa. Esta, de modo nenhum, é tempo de a anunciar. Pelo contrário, deve ficar oculta o mais possível. Pois, se comigo a conservar, libertar-me-ei destes grilhões indignos e destas desgraças.[52]

2.º ESTÁSIMO

CORO

Que nunca Zeus, que tudo governa,
Oponha o seu mando à minha vontade;
E nunca eu demore a achegar-me aos deuses,
Com festins sagrados em que se imolam bois,
Junto ao curso intérmino do meu pai Oceano,
E nunca as palavras me façam pecar.
E que em mim persistam estes pensamentos,
Sem nunca se apagarem do meu espírito.

[52] Este segredo dará a liberdade a Prometeu, pois Zeus, em troca da sua obtenção, libertá-lo-á dos grilhões. Cf. n. 19.

Agradável é passar longa existência,
De coração confiante,
Alimentando a alma de alegrias radiosas.
Mas estremeço, ao ver-te,
Dilacerado por mil sofrimentos,
Pois, não temendo a Zeus,
Em demasia honras os mortais,
Com pensamento muito teu próprio,
Ó Prometeu.

Vamos, diz-me, amigo:
Que benefício
É o teu benefício?
Que ajuda, que socorro,
Te vem dos efémeros[53]?
Não vês a frágil fraqueza,
Semelhante a um sonho[54],
Que à cega espécie humana põe entraves?
Nunca as deliberações dos mortais
Porão de lado a ordem harmoniosa,
Que Zeus estabeleceu[55].

---

[53] O mais doloroso é que, devido à fragilidade da natureza humana, os mortais, por quem Prometeu se sacrificou, não o podem ajudar. Assim, o Titã vê-se abandonado de deuses e de homens: os primeiros negam-se a prestar-lhe socorro, por ingratidão; os segundos não lhe podem valer, por incapacidade.

[54] Compare-se com Píndaro, *Pítica* VIII: «Efémeros! Que somos nós? Que não somos? Sombras de um sonho é o homem» (*in* M. H. da Rocha Pereira, *Hélade*, p. 173).

[55] O *kosmos* — ou ordem que os deuses estabeleceram no mundo — não podia ser alterado por ninguém. Quem quer que, pelas suas acções, pusesse em perigo o equilíbrio do mundo era castigado pelos deuses. Nesses excessos, consistia o pecado da *hybris*. Cada qual tinha no *kosmos* a sua posição bem definida, cujos limites não deveria ultrapassar. Ameaçar a ordem do mundo era incorrer

Isto eu aprendo, ao contemplar
Tuas desgraças malditas,
Ó Prometeu.
Mas vem-me ao espírito
Um canto diferente,
Justamente o canto nupcial que entoei,
Em volta do banho e do teu leito,
Pelo teu casamento,
Quando recebeste a mão de Hesíone,
Nossa irmã,
Seduzindo-a com presentes[56].

---

na cólera divina. Esta é a mola real da tragédia grega, pois constituía um conceito fundamental no pensamento helénico.

[56] Nesta altura, as Oceânides recordam, por contraste, o momento feliz em que igualmente entoavam cantos, mas esses bem diferentes, por ocasião das núpcias de Prometeu com a Oceânide Hesíone. Note-se que Hesíone apenas é considerada Oceânide por Ésquilo, pois não se conta entre as filhas de Oceano enumeradas por Hesíodo (*Teogonia* 364).

3.º Episódio

(Entra em cena a virgem-novilha Io)

IO

Que terra é esta? Que raça? Quem é que vejo atormentado por grilhões rochosos? De que crimes sofres a expiação, pela morte? Diz-me a que lugar da terra eu, desgraçada, cheguei vagueando. Ai! Ai de mim! De novo, a mim, infeliz, me aferroa um tavão, sombra de Argo, filho da Terra[57]. Ai! Terra, enxota-o! Apavoro-me, ao ver o boieiro de olhos inúmeros. Aí vem ele com o seu pérfido olhar. Nem, depois de morto, a terra o esconde, e, saindo dos Infernos, persegue-me a mim, infeliz, e faz-me vaguear em jejum pelo areal da praia. Responde-me, com uma melodia embaladora, a flauta sonora ajustada com

[57] A ciumenta esposa de Zeus encarregara o boieiro Argo de vigiar Io, quando esta fora metamorfoseada em vaca. Segundo Apolodoro (*Biblioteca* II. 1.3), Zeus ordenou a Hermes que roubasse Io a Argo. O deus dos ladrões, porém, só o conseguiu depois de ter adormecido o boieiro ao som da flauta de Pã, tendo-o matado em seguida. Para que o facto nunca fosse esquecido, Hera deu à cauda do pavão, ave que lhe era consagrada, os cem olhos de Argo. O fantasma do boieiro, na figura de um tavão, continuou a perseguir a infeliz Io, levando-a, errante, de terra em terra.

cera[58]. Ai! Ai! Para onde me levam os meus errores que por tão longe me fazem vaguear? Ó filho de Crono, porquê, porque é que enfim, descobrindo que eu pequei, me puseste sob o jugo destes sofrimentos — ai! — e porque é que assim enfraqueces a infeliz tresloucada com o pavor da ferroada do tavão? Queima-me com o teu fogo, ou esconde-me debaixo da terra, ou dá-me de repasto aos monstros marinhos! Senhor, não me recuses o que te peço. Os longos errores já me cansaram bastante, e não posso saber como hei-de escapar aos meus sofrimentos. Ouves as palavras da virgem de cornos de vaca?

PROMETEU

Como não hei-de ouvir a jovem que o tavão faz vaguear, a filha de Ínaco, que inflamou de amor o coração de Zeus e que agora, pelo ódio de Hera, à força se extenua, em longas correrias?

IO

Quem te ensinou o nome do meu pai? Diz-me quem és, a mim tão infeliz, diz-me quem és, ó desgraçado, que assim me dirigiste a palavra, proclamando verdades, a mim, miserável, e que nomeaste a doença enviada pelos deuses que me consome, picando-me com um ferrão que me faz vaguear enfurecida. Ui! Ui! Desenfreadamente, aqui chego, com um tratamento injurioso que excita a fome dos saltos, dominada pelos rancorosos desígnios de Hera. Quais são os infelizes que, como eu — ai! —, como eu, sofrem? Indica-me, pois, claramente o que me resta sofrer. Que expediente ou que remédio há para a minha doença? Diz-mo, se o sabes. Fala, explica a esta mísera virgem vagabunda.

---

[58] Trata-se da flauta de Pã, que era constituída por sete ou nove pequenas canas dispostas umas ao lado das outras, por ordem decrescente de tamanho e unidas entre si por cera. Era algo de semelhante às actuais flautas dos amoladores ambulantes.

PROMETEU

Dir-te-ei tudo o que desejas saber, claramente, sem enigmas, antes em linguagem simples, como é justo que se fale diante dos amigos. Estás a ver Prometeu, o que deu o fogo de presente aos mortais.

IO

Ó benfeitor que um dia apareceste a todos os mortais, Prometeu infeliz, que crime expias assim?

PROMETEU

Agora mesmo, acabei de lamentar os meus sofrimentos.

IO

E dar-me-ás o que vou pedir-te?

PROMETEU

Diz-me o que queres. Tudo de mim podes saber.

IO

Diz-me quem te agrilhoou a esta escarpa.

PROMETEU

A decisão de Zeus, a mão de Hefesto.

IO

De que culpas sofres o castigo?

PROMETEU

Basta que eu tenha dito o que já disse.

IO

Indica-me, também, quando acabarão os errores desta infeliz.

PROMETEU

Para ti, é melhor não saberes nada do que saberes isso.

IO

Não me escondas, contudo, o que um dia hei-de sofrer.

PROMETEU

Pois bem, não te nego essa dádiva.

IO

Porque te demoras, então, a contar tudo?

PROMETEU

Não é por má vontade; só temo perturbar-te a alma.

IO

Não te preocupes mais comigo, que isso é do meu agrado.

PROMETEU

Já que tanto o desejas, força é que to diga. Ouve, pois.

CORIFEU

Ainda não! Dá-me também a mim o meu quinhão de prazer. Fiquemos, primeiro, a saber o seu sofrimento, contando ela própria a sua sorte funesta. E depois, que por ti saiba o resto das suas dores.

PROMETEU

Io, deves conceder-lhes este favor, sobretudo porque elas são irmãs do teu pai[59], pois vale a pena perder algum tempo a chorar e a lamentar a sorte, quando vamos receber lágrimas da parte de quem nos ouve.

IO

Não sei como poderia deixar de vos obedecer. Sabereis por palavras verdadeiras tudo o que desejais. No entanto, tenho vergonha de vos contar donde voou até mim, infeliz, a calamidade enviada pelos deuses e a mudança da minha forma. Sem cessar, visões nocturnas vinham aos meus aposentos virginais e, com palavras doces, me exortavam: «Ó jovem ditosa, porque é que, há tanto tempo, te conservas virgem, quando podes obter o maior dos esposos? Zeus foi por ti inflamado com dardos de desejo e quer contigo gozar dos dons de Cípria[60]. Não desprezes, filha, o leito nupcial de Zeus: vai para o luxuriante prado de Lerna[61], para junto dos rebanhos e dos estábulos do teu

---

[59] Ínaco, pai de Io, era filho de Oceano e de Tétis, portanto, irmão das Oceânides.

[60] Cípria é Afrodite, deusa do amor (Vénus, entre os Romanos), pois em seguida ao seu nascimento da espuma das ondas e depois de levada pelos Zéfiros para Citera — daí chamar-se-lhe também Citereia — foi acolhida pela Horas em Chipre.

A mais célebre representação deste mito encontra-se no quadro de Botticelli *O Nascimento de Vénus* (Galeria dos Ofícios — Florença).

[61] Esta região da Argólida andava associada não só à lenda de Io, mas também aos mitos respeitantes aos seus descendentes. Aí, enterraram as Danaides as

pai, para que o olhar de Zeus se liberte do seu desejo.» Infeliz, todas as noites era atormentada por estes sonhos, até que ganhei coragem para contar ao meu pai estas visões nocturnas. E ele enviava a Delfos e a Dodona frequentes mensageiros que consultavam o oráculo, para saberem o que ele devia dizer ou fazer para agradar aos deuses. Mas eles voltavam com oráculos equívocos, obscuros e ininteligíveis. Por fim, chegou até Ínaco uma resposta clara, indicando-lhe abertamente e ordenando-lhe mesmo que me expulsasse de casa e da pátria, a mim, como a um animal consagrado, que pode livremente vaguear pelos extremos limites da terra[62], se não quisesse que o raio ígneo de Zeus aniquilasse toda a sua raça. Obedecendo a tais oráculos de Lóxias[63], expulsou-me e fechou-me as portas de casa, bem contra a sua e a minha vontade; mas o freio de Zeus o forçava violentamente a fazê-lo. Imediatamente, a minha forma e o meu espírito se desfiguraram, e, com cornos, como estais a ver, e, picada por um moscardo de ferrão agudo, em dança louca, me precipitei para o manancial de Cercneia[64] de tão boa água e para a fonte de Lerna. Mas um boieiro, filho da Terra, violento em sua cólera, Argo, me acompanhava, vigiando com os seus olhos numerosos o caminho que eu seguia. Uma morte inesperada, de repente, lhe roubou a vida. No entanto, eu, picada pelo tavão, sob o chicote divino, sou perseguida de terra em terra. Ouviste

---

cabeças dos respectivos esposos, depois de os terem assassinado, e aí executou Hércules um dos seus famosos trabalhos, matando a monstruosa hidra.

[62] Os animais votados aos deuses podiam vaguear livremente, porque não estavam sujeitos a trabalhar.

[63] Lóxias é um epíteto de Apolo. A etimologia desta palavra é muito discutida. Todos os comentadores estão, no entanto, de acordo em dar à palavra o significado de «oblíquo», embora a justificação não seja para todos a mesma. Pensam uns que se trata da obliquidade da eclíptica em relação ao equador, pois identificam Apolo com o Sol, sincretismo que surgiu no século V a. C., desconhecendo-se, no entanto, nesta altura, a obliquidade da eclíptica; outros — e parece-nos a hipótese mais aceitável — pensam que o nome vem da ambiguidade dos oráculos de Apolo.

[64] Cercneia é uma fonte próxima de Lerna.

já o que me aconteceu. Mas, se podes dizer-me o resto dos meus sofrimentos, indica-mos e não me consoles com mentiras piedosas, pois a doença mais infamante é a de inventar histórias.

CORO

Ai! Ai! Ai de mim! Basta!
Nunca, nunca eu pensara
Que palavras estranhas me chegassem aos ouvidos,
Nem que a minha alma fosse torturada
Por um aguilhão de duas pontas como este:
Sofrimentos, males, medos, que é penoso ver e suportar.
Ai, destino, destino!
Estremeço, ao ver a sorte de Io.

PROMETEU

Gemes cheia de medo, antes do tempo. Espera até saberes o resto.

CORIFEU

Dize, ensina: pois é agradável para os doentes saberem, de antemão e com clareza, o resto dos seus sofrimentos.

PROMETEU

Obtivestes de mim, facilmente, o vosso primeiro pedido, pois desejáveis, em primeiro lugar, saber da sua boca as suas penas. Ouvi agora o resto: que dores, por ordem de Hera, esta jovem terá de suportar. E tu, filha de Ínaco, grava no teu coração as minhas palavras, para que fiques a conhecer o fim do teu caminho. Ao saíres daqui, em primeiro lugar, voltando-te para nascente, dirige-te para os campos incultos. Chegarás até junto dos Citas[65], nómadas que habitam em casas de vime alcandoradas sobre carros de belas rodas e que se armam com arcos de longo alcance. Não te aproximes deles. Pelo contrário, dirige-te para os litorais rochosos, onde geme o mar, e ultrapassa essa terra. À esquerda, vivem os Cálibas ferreiros[66]; guarda-te deles, pois são selvagens e inacessíveis aos estrangeiros. Chegarás ao rio Hibrista[67] — o Impetuoso — e o seu nome não mente. Não o atravesses — pois não é fácil de atravessar — antes que chegues ao Cáucaso, ali mesmo onde o rio exala a sua força dos próprios cimos das montanhas. Depois de alcançares os cumes próximos dos astros, toma o caminho do meio-dia. Aí, chegarás ao povo das que odeiam os homens, as Amazonas, que um dia fundarão Temiscira[68], nas margens do Termodonte[69], no lugar onde as rochosas fauces salmidéssias[70] são hostis aos marinheiros, madrastas dos navios. Elas próprias te guiarão e com muita alegria[71]. Chegarás ao istmo dos Cimérios[72], na própria entrada estreita do lago. É preciso que o deixes com coração

[65] Os Citas eram um povo nómada que habitava o Nordeste da Europa e o Norte da Ásia. Heródoto (IV. 6) informa que davam a si próprios o nome de Escólotos.

[66] Os Cálibas eram um povo da Ásia Menor com grande habilidade para trabalhar o ferro.

[67] O escoliasta informa que se trata de Araxes, rio da Arménia que desagua no mar Cáspio. Devido à violência do seu caudal, Ésquilo chama-lhe Hybristes, nome a que fizemos corresponder, na tradução, a forma Hibrista.

[68] Temiscira, a residência mais importante das Amazonas, é uma cidade nas margens do Ponto Euxino. Corresponde, hoje, a Thermeh.

[69] O Termodonte é um rio da Ásia Menor que desagua no Ponto Euxino.

[70] Trata-se do Bósforo trácio.

[71] Considerando que as Amazonas são hostis aos varões, facilmente se compreenderá que sintam alegria em ajudar uma vítima desse mesmo amor que elas abominam.

[72] Os Cimérios habitavam o litoral setentrional do Ponto Euxino. No entanto, a *Odisseia* (XI. 1–50) localiza-os nos confins do Ocidente, nas margens do Oceano.

intrépido, para alcançares o estreito Meótico[73]. Para sempre ficará, entre os mortais, a grande fama da tua travessia: dela, justamente tirará o nome de Bósforo — «a passagem da vaca»[74]. Deixando o solo da Europa, chegarás ao continente asiático. Não vos parece que o senhor dos deuses é igualmente violento em tudo?[75] Pois esse deus, que desejava unir-se a esta mortal, condenou-a a estes errores. Ó jovem, encontraste um cruel pretendente! Imagina que as palavras que acabas de ouvir não são sequer um começo.

IO

Ai de mim! Ai de mim! Ai! Ai!

PROMETEU

De novo gritas e gemes. Que farás, então, quando souberes o resto dos teus males?

CORIFEU

Tens acaso mais coisas a dizer-lhe dos seus sofrimentos?

PROMETEU

Um mar assustador de funesta calamidade.

---

[73] O estreito Meótico é o Bósforo cimério.

[74] «Bósforo» significa, etimologicamente, «passagem da vaca». Recebeu o seu nome da prodigiosa travessia de Io, depois de metamorfoseada em vaca. O Bósforo aqui mencionado é o cimério.

[75] Compare-se o abrandamento de Zeus, no mito de Io, com a evolução de Apolo, que, no *Agamémnon*, maltrata a vítima do seu amor — Cassandra —, mostrando-se, por outro lado, n'*As Euménides*, um deus justo e benevolente para com Orestes.

IO

De que me serve, então, viver? Porque não me precipito já deste áspero rochedo e, caindo no chão, me liberto dos meus males? Mais vale morrer duma só vez do que ser infeliz todos os dias.

PROMETEU

Dificilmente suportarias, sem dúvida, os meus sofrimentos, pois não está fixado pelo destino que eu morra. Isso seria a libertação das minhas dores. Mas não há um fim proposto para as minhas penas, antes de Zeus ser derrubado do seu poder.[76]

IO

É possível, então, que algum dia Zeus seja derrubado do seu poder?

PROMETEU

Creio que te alegrarias, ao ver essa desgraça.

IO

Como não, se é por vontade de Zeus que sou infeliz?

PROMETEU

Pois bem, fica sabendo que assim será.

---

[76] Prometeu sabe que um dia será libertado, mesmo contra vontade do seu opressor, pois o casamento de Zeus com Tétis faria que o Pai dos Deuses viesse a ser derrubado do trono. Sem dúvida que os seus inimigos viriam, em tal caso, libertar Prometeu.

IO

E por quem será ele privado do ceptro real?

PROMETEU

Por si próprio, com suas ocas decisões.

IO

Como? Diz-mo, se não há mal nisso.

PROMETEU

Fará um casamento tal que, um dia, o há-de angustiar.

IO

Com uma deusa ou com uma mortal? Se for lícito, di-lo.

PROMETEU

Que importa quem seja? Não se pode divulgar.

IO

Então será a esposa quem o derrubará do trono?

PROMETEU

Ela dará à luz um filho mais forte do que o pai.[77]

---

[77] Tétis acabou por se unir ao mortal Peleu, dando à luz Aquiles, que foi, de facto, mais forte do que o seu pai. Cf. n. 103.

IO

Não é possível afastar dele essa desgraça?

PROMETEU

Não, de maneira nenhuma: só quando eu próprio estiver livre destes grilhões.

IO

E quem pode libertar-te contra a vontade de Zeus?

PROMETEU

Será um dos teus descendentes.[78]

---

[78] O libertador de Prometeu será Hércules, filho de Zeus e de Alcmena, casada com Anfitrião, descendente, portanto, de Io. Apresentamos, a propósito, o seu quadro genealógico:

Io
|
Épafo ~ Mênfis
|
Líbia ~ Posídon
|
Belo ~ Anquínoe
|
Dânao
|
Hipermnestra ~ Linceu
(uma das 50
Danaides)
|
Abante ~ Agleia
|

IO

Que disseste? Um filho meu te libertará dos teus males?

PROMETEU

Na terceira geração depois de outras dez.

IO

Este oráculo já não é fácil de adivinhar.

PROMETEU

Não procures conhecer mais a fundo as tuas penas.

IO

Não me mostres um proveito para depois me privares dele.

PROMETEU

Ofereço-te uma de duas narrativas.

Acrísio ~ Eurídice
|
Dânae ~ Zeus
|
Perseu ~ Andrómeda
|
Alceu ~ Astidamia
|
Anfitrião ~ Alcmena
|
Hércules

IO

Quais? Mostra-mas e deixa-me escolher.

PROMETEU

Está bem, escolhe: queres que te conte claramente o resto das tuas penas ou que te diga quem me há-de libertar?

CORIFEU

Dá-lhe, por favor, uma dessas coisas e dá-me a outra, a mim. Não desprezes o nosso rogo. A esta, anuncia o resto dos seus errores; a mim, quem é o teu libertador. É isto o que eu desejo.

PROMETEU

Já que o desejais tão ardentemente, não me negarei a anunciar tudo quanto pedis. A ti, primeiro, Io, direi os teus errores desvairados; inscreve-os nas tabuinhas fiéis do teu espírito[79]. Logo que chegues ao rio que é limite dos continentes, encaminha-te para o luminoso Oriente, por onde anda o sol, atravessando o marulhar das vagas até chegares às planícies das Górgonas de Cistena[80], onde vivem as Fórcidas[81], as três virgens de longa idade, com corpo de cisne, que

---

[79] Era comum comparar-se a memória a tabuinhas em que se inscreviam os factos.

[80] As três Górgonas eram Ésteno, Euríale — ambas imortais — e Medusa — a única mortal. Na cabeça, em vez de cabelo, tinham serpentes. Em lugar de dentes, tinham presas de javali. Possuíam mãos de bronze e asas de ouro. O seu olhar terrível convertia em pedra quem quer que as contemplasse.

[81] As Fórcidas eram, como as Górgonas, filhas das divindades marinhas Fórcis e Ceto. Também são conhecidas por «As Velhas», visto que nasceram já com idade avançada. Eram três: Enio, Pefredo e Dino. Tinham, em conjunto, um único olho e um único dente de que se serviam à vez.

têm todas um só olho e um só dente, e para as quais nunca o Sol, com os seus raios, olha de frente nem a Lua nocturna. Perto, habitam as suas três irmãs aladas, as Górgonas odiosas aos homens, de cabeleira de serpentes; ao vê-las, qualquer mortal perecerá. Digo-te isto, para que te acauteles. Mas ouve outro espectáculo hediondo: toma cautela com os Grifos[82], cães de Zeus, de bico agudo, que não ladram, e com a cavalaria armada dos Arimaspos[83] de um só olho, que vivem perto do rio Plutão[84], rico de ouro. Não te aproximes deles. Chegarás a uma terra longínqua, a uma tribo negra[85], que habita para os lados das fontes do sol, ali mesmo onde fica o rio Etíope. Segue ao longo das suas margens até chegares à catarata, onde o Nilo do alto dos montes biblinos lança uma corrente sagrada[86] e de boa água. E ele te guiará até a terra em triângulo banhada pelo Nilo, onde está determinado pelo destino, Io, que tu e os teus filhos fundeis uma colónia distante. — Se alguma coisa destas é para ti obscura e difícil de perceber, volta a perguntar e informa-te com exactidão. Vagar não me falta — mais do que desejo.

---

[82] Os Grifos eram seres fabulosos de corpo de leão alado e bico de águia. Defendiam dos Arimaspos os tesouros de Apolo. Segundo outras versões, guardavam a taça cheia de vinho de Dioniso.

[83] Os Arimaspos de um só olho eram um povo cruel e guerreiro da Cítia.

[84] Plutão significa «que esconde riquezas». O rio aqui mencionado é o Arimáspio, rio lendário do país dos Arimaspos.

[85] Referência aos negros Etíopes. Segundo Heródoto (III. 101 e VII. 70), os Etíopes eram um povo de raça negra e cabelo muito encarapinhado.

[86] O Nilo era considerado um rio sagrado. Lembremos que Heródoto (II. 5) dizia que o Egipto era um dom do Nilo. Não admira que fosse venerado como um deus, visto que fertilizava um autêntico deserto. Às suas águas, eram atribuídas qualidades médicas. Por isso, n'*As Suplicantes* de Ésquilo, se fala nas águas do Nilo «nunca atingidas por flagelos». Os Egípcios dirigiram-lhe hinos de carácter religioso. Testemunho deste facto são os vv. 1025–1026 d'*As Suplicantes*: «Jamais honremos com hinos as bocas do Nilo.»

CORIFEU

Se tens para lhe contar alguma coisa nova ou esquecida dos seus errores funestos, di-lo; mas, se já acabaste, concede-nos a nós o favor que pedimos. Talvez te lembres ainda.

PROMETEU

Ela já ouviu tudo sobre o termo das suas viagens. Mas, para que saiba que não me escutou em vão, vou contar os sofrimentos que, antes de aqui chegar, suportou, dando-lhe assim testemunho da minha narrativa. — Deixarei de lado grande número de histórias e irei ao final dos teus errores. Quando chegaste ao país dos Molossos[87] e perto do cabeço de Dodona[88], onde fica o oráculo e o assento de Zeus Tesproto[89] e onde há um incrível prodígio — os carvalhos que falam —, debaixo dos quais tu claramente, e não por enigmas, foste saudada como a gloriosa esposa de Zeus que havias de ser — nada disto acaricia a tua lembrança? —, então, daí, picada pelo tavão, alcançaste o caminho à beira-mar, o grande golfo de Reia[90], donde retrocedeste em tormentosa correria. De futuro, o golfo marítimo — fica a sabê-lo claramente — chamar-se-á Iónio[91], como memória da tua passagem

---

[87] Os Molossos eram um povo do Epiro que vivia a norte do golfo de Ambrácia.

[88] Dodona fica situada no Epiro. Era o assento de um antigo oráculo de Zeus. Segundo Heródoto (II. 54), uma pomba vinda de Tebas do Egipto pousou sobre um carvalho em Dodona e, com voz humana, anunciou que ali devia estabelecer-se um oráculo de Zeus. Esse carvalho ficou, desde então, sendo o centro do culto, de modo que a vontade de Zeus era adivinhada pelo próprio sussurro das folhas da referida árvore.

[89] Zeus Tesproto é o nome que recebe o Zeus venerado na Tesprótida, região do Epiro ocidental.

[90] O golfo de Reia é o Mar Adriático.

[91] Etimologia que faz derivar Iónio de Io. Encontra-se, por exemplo, em Apolodoro (*Biblioteca* II. 1.3).

para todos os mortais. Eis os testemunhos que te dou de que o meu espírito distingue mais do que o visível. — O resto, a vós o direi e também a esta, regressando ao trilho das palavras anteriores. Há uma cidade, Canobo[92], nos confins da região, mesmo junto da embocadura e da aluvião do Nilo; é aí mesmo que Zeus te vai fazer recuperar a razão, pousando sobre ti a sua mão pacífica, tocando-te apenas[93]. Fecundada por Zeus, darás à luz o negro Épafo, assim chamado por esse facto[94], o qual recolherá os produtos da terra regada pelo Nilo de largo leito. A quinta geração a partir dele, de cinquenta filhas, voltará de novo para Argos, contra vontade, para fugir ao casamento com parentes, os seus primos[95]. Mas eles, arrebatados pela paixão, falcões[96] já no encalço das pombas, chegarão desejosos dum casamento

---

92 Canobo é uma cidade egípcia próxima de Alexandria.

93 Cf. *As Suplicantes*, 1065–1069:

> «ele [Zeus], que libertou Io
> do seu sofrimento,
> tocando-a,
> com mão salutar,
> exercendo
> a sua benévola força».

94 O nome Épafo era, por etimologia popular, relacionado com o verbo grego *απτομαι* (*haptomai*), que significa «tocar».

95 Encontra-se aqui, em resumo, o argumento da tragédia *As Suplicantes* de Ésquilo. As cinquenta filhas de Dânao — descendentes da argiva Io, como o leitor pode verificar no quadro genealógico da n. 78 — chegarão a Argos fugidas a seus cinquenta primos, os filhos de Egipto, que pretendem desposá-las à força. O que repugna às Danaides não é o incesto, pois, na Grécia, o casamento entre primos era corrente e até aconselhado pelos deuses. Na *Antígona* de Sófocles, vemos que a heroína está noiva de seu primo Hémon e, no *Orestes* de Eurípides, o casamento de Hermíone — filha de Menelau e de Helena — com o seu primo Orestes — filho de Agamémnon e de Clitemnestra — é ordenado por Apolo, no fim da peça.

96 A imagem aparece também n'*As Suplicantes* de Ésquilo: «[...] tomai posição no terreno sagrado, tal como um bando de pombas, com medo dos falcões de igual plumagem». Os filhos de Egipto são aqui, sugestivamente, comparados a aves de rapina que querem arrebatar, a toda a força, as suas indefesas primas.

indesejável[97]. Mas um deus lhes negará tais uniões, e a terra dos Pelasgos os sepultará, dominados por Ares, que mata pelo braço das mulheres, com nocturna audácia vigilante[98]. Cada esposa roubará a vida ao seu marido, enterrando-lhe na garganta uma espada de dois gumes. Que tais amores ataquem os meus inimigos! Mas o desejo de ter filhos seduzirá uma delas a não matar o marido, e a sua decisão se fará fraca.[99] Preferirá ouvir dizer que é cobarde a ser assassina. E será ela que em Argos dará à luz uma estirpe régia. — Longa teria de ser a minha narrativa para expor isto até o fim. Dessa semente, nascerá o valente, ilustre no manejo do arco, que me libertará destas penas.[100] É este o oráculo que, em pormenor, me contou a minha mãe de longa idade, Témis, irmã dos Titãs. Dizer-te como, isso levaria muito tempo, e tu nada ganharias em o saber.

IO

Ai! Ai! Nova convulsão e novo delírio de enlouquecer ardem dentro de mim, e o tavão me pica com o seu dardo não forjado[101]. Meu coração bate de medo contra a arca do peito. Reviram-se-me os olhos nas órbitas. Um sopro louco de raiva me desvia da carreira, sem dominar a língua, e os pensamentos confusos, em desordem, embatem contra as ondas duma odiosa desgraça.

(Io abandona a cena)

---

[97] Estas núpcias são ilícitas por contrariarem a vontade das pretendidas e do seu pai.

[98] As Danaides, constrangidas, por fim, a casarem-se com os primos, assassinam-nos na noite de núpcias.

[99] Trata-se de Hipermnestra, que poupa a vida a Linceu.

[100] Nova referência a Hércules. Cf. n. 78.

[101] O aguilhão do moscardo é aqui comparado ao ferro dum dardo que não tivesse sido trabalhado ao fogo.

3.º ESTÁSIMO

CORO

Era sábio, sim, era sábio
O primeiro que em seu espírito pesou
E expressou com a língua
Que de longe o melhor
É um casamento igual
E não o desejo de se unir
Aos ricos, que vivem na moleza,
Nem aos que se ufanam da sua linhagem,
Quando se é pobre.

Nunca, nunca vós,
Ó Moiras, me vejais
Ser esposa de Zeus,
Nem nunca me aproxime
De esposo vindo do céu.
Pois tremo de medo, ao ver Io,
Donzela rebelde ao amor,
Esvair-se em miserável vaguear,
Dolorosamente,
Por causa de Hera.

Quanto a mim, não receio
Casamento igual em condição.
Que o amor dos deuses superiores
Um olhar inevitável não lance sobre mim:
É uma luta inelutável
Que pode o impossível.
Que viria a acontecer-me?
Não vejo como escapar
Aos desígnios de Zeus.

Êxodo

PROMETEU

Ainda um dia Zeus se humilhará, embora arrogante de espírito, pois se prepara para fazer um casamento seu que o derrubará, aniquilado, do poder e do trono. E só então se cumprirá de todo a maldição que o seu pai Crono lhe lançou, ao cair do trono antigo. Nenhum deus será capaz de lhe mostrar claramente a maneira de fugir a tal desgraça, senão eu. Só eu sei o que vai acontecer e como. Depois disto, permaneça ele impávido no seu trono, confiante no ribombar das alturas, brandindo o dardo em chamas[102]. Nada impedirá que ele caia vergonhosamente de uma queda intolerável. Está agora a preparar um adversário tal, prodígio invencível, que inventará fogo mais potente do que o raio e ribombar mais forte do que o trovão, e que destruirá a funesta arma marinha que abala a terra, o tridente de Posídon[103]. Quando deparar com esse mal, aprenderá a ver a diferença entre senhor e escravo.

---

[102] Zeus era o deus da trovoada e do raio, que lhe foram entregues pelos Ciclopes, como recompensa por os ter libertado do Tártaro.

[103] Posídon é o deus do mar correspondente ao romano Neptuno. A sua arma é o tridente com o qual provoca tremores de terra, assim como as de Zeus são o raio e o trovão. Tanto Zeus quanto Posídon pretendiam desposar Tétis, mas o filho que dela nascesse, sendo mais forte do que o pai, inventaria uma arma mais poderosa do que o raio ou do que o tridente.

CORIFEU

Parece-me que fazes dos teus desejos imprecações contra Zeus.

PROMETEU

Digo precisamente o que se cumprirá e também o que desejo.

CORIFEU

E devemos esperar que alguém venha a ser senhor de Zeus?

PROMETEU

E ele sofrerá penas mais pesadas do que as minhas.

CORIFEU

Não tens medo de pronunciar tais palavras?

PROMETEU

Que hei-de eu recear, se não foi determinado pelo destino que eu morra?

CORIFEU

Mas pode dar-te penas mais dolorosas ainda.

PROMETEU

Que o faça! Estou pronto a tudo!

CORIFEU

Os que são prudentes prosternam-se perante Adrasteia[104].

PROMETEU

Venera, implora, adula continuamente quem detém o poder. A mim, Zeus preocupa-me menos do que nada. Que faça e ordene o que quiser, durante este breve espaço: não governará os deuses muito tempo. Mas estou a ver o mensageiro de Zeus[105], o servidor do novo tirano. Vem com certeza anunciar-nos algo de novo.

(Entra Hermes)

HERMES

A ti, ó manhoso, azedo dos azedos, que pecaste contra os deuses, ao dar aos efémeros os seus privilégios, ladrão do fogo, eu te digo: — meu pai ordena-te que declares que casamento é esse de que falas tão ufano e ainda por quem será ele derrubado do poder. Explica tudo, ponto por ponto, sem enigmas: não me obrigues a fazer duas caminhadas, Prometeu. Bem vês que não é assim que Zeus se abranda.

---

[104] Adrasteia significa etimologicamente «a quem não se pode fugir». Representa a justiça inevitável. Esta deusa aparece associada a Némesis, a deusa que castiga todos os pecados de *hybris*.

[105] Hermes, filho de Zeus e de Maia, é o mensageiro dos deuses olímpicos. Corresponde a Mercúrio entre os Romanos. Usa sandálias aladas, um chapéu de viagem com abas largas — o pétaso — e na mão traz o caduceu. Além de mensageiro das divindades, é o deus do comércio e dos ladrões, o guia dos viandantes e o condutor das almas aos Infernos.

PROMETEU

As tuas palavras são altivas e cheias de arrogância, como convém ao lacaio dos deuses. Vós, novos, governais há pouco e julgais habitar uma cidadela inacessível à dor. Mas não vi eu já, num abrir e fechar de olhos, caírem dois tiranos? Mais vergonhosamente e com maior rapidez, hei-de ver cair o terceiro, que agora governa. Parece-te acaso que eu receio e tremo diante dos deuses novos?[106] Longe disso — nada disso. Vai depressa, volta por onde vieste. Nada saberás do que me perguntaste.

HERMES

Foi exactamente por essa arrogância que vieste dar a este porto de dores.

PROMETEU

Fica a saber claramente: não trocaria a minha desgraça pela tua servidão.

HERMES

Mais vale servir, então, este rochedo do que ser o fiel mensageiro de Zeus pai!

PROMETEU

É assim que os orgulhosos devem mostrar o seu orgulho.

---

106 Conforme já ficou dito (p. 17), a reconciliação entre a divindade nova — Zeus — e a antiga — Prometeu — deveria surgir na última peça da trilogia como solução do conflito; adquire, por isso, especial significado o facto de Ésquilo mencionar essa oposição quase no fim da presente tragédia.

HERMES

Parece-me que te orgulhas do que te acontece.

PROMETEU

Que me orgulho?! Assim eu veja os meus inimigos orgulharem-se — e, a ti, ponho-te no número deles.

HERMES

Acaso me acusas também da tua infelicidade?

PROMETEU

Em poucas palavras: odeio todos os deuses que eu pus na situação em que se encontram e que injustamente me maltratam.

HERMES

Estou a ver que não é pequena a tua doença.

PROMETEU

Estou doente, sim, se é doença odiar os inimigos.

HERMES

Serias intolerável, se tivesses vencido.

PROMETEU

Ai de mim!

HERMES

Aí está uma palavra que Zeus ignora.

PROMETEU

Mas o tempo, envelhecendo, tudo ensina.

HERMES

No entanto, ainda não aprendeste a ser sensato.

PROMETEU

É verdade. Se o fosse, falaria acaso com um lacaio?

HERMES

Não queres, então, dizer nada do que o meu pai deseja?

PROMETEU

Não há dúvida de que lhe devo muito para lhe estar agradecido!

HERMES

Escarneces de mim, como de uma criança.

PROMETEU

E não és tu uma criança, e até mais insensato do que isso, se esperas saber alguma coisa de mim? Não há tortura nem manha com que Zeus me leve a contar o que quer, antes de me ter desatado estes grilhões ultrajantes. Por isso, lancem contra mim uma chama ardente, que ele confunda e agite tudo sob a neve de asas brancas e com o ribombar de trovões subterrâneos[107]. Nada me forçará a revelar por quem é que ele há-de ser derrubado do poder.

HERMES

Vê bem se isso te poderá ser vantajoso.

PROMETEU

Há muito tempo que eu ponderei e decidi isto mesmo.

HERMES

Vê, insensato, vê se consegues, por fim, pensar nos teus males, como deve ser.

PROMETEU

Não me aborreças! É como se estivesses a falar às ondas. Nem sequer te passe pela ideia que, algum dia, por temor do juízo de Zeus, eu me faça mulher e dirija súplicas, de mãos voltadas, à maneira das mulheres, àquele que muito odeio, para que me liberte destes grilhões. Muito longe disso!

HERMES

Parece-me que continuar a falar será dizer muita coisa em vão. Tu em nada te deixas persuadir nem vergas ao peso das minhas

---

[107] Comparação entre o rumor subterrâneo próprio dos sismos e o ribombar de trovões.

súplicas. Mordendo o freio, como um potro há pouco atrelado, recalcitras e sacodes as rédeas. A tua ira, porém, confia numa fraca manha. A própria pertinácia, sozinha, de nada vale sem a sensatez. Mas considera — já que as minhas palavras te não convencem — o que vai ser a tormenta inevitável e a tripla vaga de males que vai ruir sobre ti. Primeiro, o meu pai, com o trovão e com a chama do raio, despedaçará este áspero rochedo, que cobrirá o teu corpo, e ficarás envolto em pedra. E longo, longo tempo passará antes que possas regressar à luz. Mas o cão alado de Zeus, a águia ensanguentada, voraz, o teu corpo rasgará e fará em farrapos[108] — conviva que aparece sem convite e que fica todo o dia — e devorará o teu fígado negro e já roído. Não esperes o fim desta tua pena antes que um dos deuses queira substituir-te nos sofrimentos e descer ao sombrio Hades, nas profundezas tenebrosas do Tártaro[109]. Portanto, delibera, que isto não é artifício de jactância, mas sim palavras muito bem ditas. A boca de Zeus não sabe mentir e leva a cabo tudo o que diz. Atenta bem, pois, medita e não julgues que alguma vez a arrogância possa ser mais forte do que a prudência.

CORIFEU

A nós não nos parece que Hermes seja inoportuno no que diz, pois te exorta a procurares a sábia prudência e a renunciares à arrogância. Obedece. É uma vergonha que um sensato cometa um erro.

---

[108] A ave simbólica de Zeus, a águia, virá devorar o fígado de Prometeu, constantemente renovado. Hércules, passados trinta milénios, derrubá-la-á com uma frechada.

[109] Quíron, filho de Crono e de Fílira, é um centauro — ser meio homem, meio cavalo. Uma frechada de Hércules provocou-lhe uma ferida tão dolorosa que o monstro desejou morrer e deu a sua imortalidade em troca da libertação de Prometeu.

PROMETEU

Já sabia que recado este me vinha dar. Mas não é de modo nenhum indigno que um inimigo sofra por parte dos seus inimigos. Caia, pois, sobre mim o ziguezagueante raio de fogo de duas pontas; que o éter seja abalado pelo trovão e pelo furor dos ventos selvagens; que o vendaval sacuda a terra e as suas próprias raízes desde o fundo; que a onda do mar com um rude marulhar confunda os cursos dos astros celestes; que ele lance o meu corpo para o negro Tártaro, nos turbilhões inflexíveis da Necessidade — que a morte total nunca ele ma poderá dar.

HERMES

Opiniões e palavras destas podem ouvir-se da boca de um louco. E o que falta para que o desejo deste seja o de um desvairado? Acaso modera as suas loucuras? Mas vós, que vos condoeis dos seus sofrimentos, afastai-vos depressa destes lugares, para que o bramido implacável do trovão não vos deixe os espíritos paralisados de medo.

CORIFEU

Fala doutra maneira e dá-me conselhos que me convençam. Introduziste sem razão essa palavra que eu não tolero. Como é que te atreves a exortar-me a cometer uma vilania? Quero sofrer com ele o que for necessário que ele sofra. Aprendi a odiar os traidores: não há doença que eu mais despreze.

HERMES

Mas lembrai-vos daquilo que eu prenuncio e não vos lamenteis da vossa sorte, quando fordes apanhadas pela desgraça, nem digais um dia que Zeus vos atirou de improviso para o sofrimento. Não, isso não!

É só culpa vossa. Já vos adverti: — Não sereis apanhadas na rede sem saída da desgraça, nem de surpresa nem por ignorância, mas antes pela vossa loucura.

PROMETEU

Em verdade, isto não são já só palavras: — a terra treme; muge perto o ribombar profundo do trovão; brilham as espirais de fogo do raio; os turbilhões levantam torvelinhos de poeira; os ventos atiram-se em luta uns sobre os outros; e o éter confunde-se com o mar. Por ordem de Zeus, sobre mim avança abertamente este vendaval aterrador. Ó Mãe venerável, ó Éter que a todos dás luz, vedes que injustiças eu sofro?

Bibliografia

Edições críticas e comentadas

GRIFFITH, Mark, *Aeschylus — Prometheus Bound*, Cambridge, 1983.

GROENEBOOM, Petrus, *Aeschylus' Prometheus*, Groningen, 1928 (reimpr. Amesterdão, 1966).

MAZON, Paul, *Eschyle*, Paris, [8]1963.

METTE, Hans Joachim, *Die Fragmente der Tragödien des Aischylos*, Berlim, 1959.

PAGE, Denys, *Aeschyli Tragoediae*, Oxford, 1972.

RADT, Stefan, *Tragicorum Graecorum Fragmenta, 3: Aeschylus*, Gotinga, 1985.

SIKES, Edward Ernest; WILLSON, St. J. B. Wynne, *The Prometheus Vinctus of Aeschylus*, Londres, [4]1912.

WILAMOWITZ-MOELLENDORFF, Ulrich von, *Aeschyli Tragoediae*, Berlim, [[2]1958].

Estudos

CONACHER, D. J., *Aeschylus' Prometheus Bound — A literary commentary*, Toronto, 1980.

DUCHEMIN, Jacqueline, *Prométhée — Le mythe et ses origines*, Paris, 1974.

FRAENKEL, Eduard, «Der Einzug des Chors im Prometheus», *Annali della Scuola Normale Superiore di Pisa*, vol. XXIII, 2.ª série, 1954, pp. 269–284.

GOLDEN, Leon, *In Praise of Prometheus — Humanism and rationalism in Aeschylean thought*, Carolina do Norte, 1966.

GRIFFITH, Mark, *The Authenticity of Prometheus Bound*, Cambridge, 1977.

HERINGTON, C. J., *The author of the «Prometheus Bound»*, Austin e Londres, 1970.

KITTO, H. D. F., *Greek Tragedy*, Londres, [3]1961 (reimp. 1966).

LLOYD-JONES, Hugh, *The Justice of Zeus*, Califórnia, 1971.

MURRAY, Gilbert, *Aeschylus, the Creator of Tragedy*, Oxford, [2]1962.

PICKARD-CAMBRIDGE, Arthur, *The Dramatic Festivals of Athens*, Oxford, 1953 (nova ed. rev. 1988).

PODLECKI, Anthony J., «Reciprocity in Prometheus Bound», *Greek, Roman and Byzantine Studies*, vol. X, 1969, pp. 287–292.

POHLENZ, Max, *Die griechische Tragödie*, Gotinga, [2]1954.

ROCHA PEREIRA, Maria Helena da, *Estudos de História da Cultura Clássica: I Volume — Cultura Grega*, Lisboa, [6]1987.

ROSE, H. J., *A commentary on the surviving plays of Aeschylus*, Amesterdão, 1957.

SÉCHAN, Louis, *Le Mythe de Prométhée*, Paris, 1951.